D1723559

Obras de
PAULO COELHO
na Editora *Pergaminho*

O *ALQUIMISTA*
1.ª edição, Lisboa, 1990

O *DIÁRIO DE UM MAGO*
1.ª edição, Lisboa, 1990

*BRIDA*
1.ª edição, Lisboa, 1991

*AS VALQUÍRIAS*
1.ª edição, Lisboa, 1993

*NA MARGEM DO RIO PIEDRA EU SENTEI E CHOREI*
1.ª edição, Lisboa, 1994

*MAKTUB*
1.ª edição, Lisboa, 1995

O *MONTE CINCO*
1.ª edição, Lisboa, 1996

*MANUAL DO GUERREIRO DA LUZ*
1.ª edição, Lisboa, 1997

*VERONIKA DECIDE MORRER*
1.ª edição, Lisboa, 1999

O *DEMÓNIO E A SENHORITA PRYM*
1.ª edição, Cascais, 2000

*ONZE MINUTOS*
1.ª edição, Cascais, 2003

O *ZAHIR*
1.ª edição, Cascais, 2005

*A BRUXA DE PORTOBELLO*
1.ª edição, Cascais, 2006

*SER COMO O RIO QUE FLUI*
1.ª edição, Cascais, 2007

**www.paulocoelho.com.pt**

Pergaminho

# PAULO
# COELHO

## NA MARGEM DO RIO PIEDRA
### EU SENTEI E CHOREI

NA MARGEM DO RIO PIEDRA
EU SENTEI E CHOREI
*Paulo Coelho*

*Copyright* © 1994 *by* Paulo Coelho

*Paulo Coelho Homepage*
http://www.paulocoelho.com.br

Esta edição foi publicada
com o acordo da *Sant Jordi Asociados,*
Barcelona, Espanha.

*All rights reserved*

Todos os direitos reservados. Este livro não pode ser reproduzido, no todo ou em parte, por qualquer processo mecânico, fotográfico, electrónico, ou por meio de gravação, nem ser introduzido numa base de dados, difundido ou de qualquer forma copiado para uso público ou privado – além do uso legal como breve citação em artigos e críticas – sem prévia autorização do editor.

VENDA INTERDITA NO BRASIL

Direitos reservados para
a língua portuguesa (Portugal) à
Editora Pergaminho SA
Cascais – Portugal

*Edição Normal*
(formato 15 x 23 cm)
1.ª edição: Abril de 1994

*Edição Compacta*
Texto Integral

4.ª edição: Maio de 2005
**4.ª reimpressão: Novembro de 2007**

ISBN 978-972-711-703-1

Obs.: Optámos por assinalar com » a continuidade do discurso

«Mas a Sabedoria é justificada
por todos os seus filhos.»

*LUCAS, VII;35*

Para I. C. e S. B. cuja comunhão amorosa me fez ver a face feminina de Deus;

Mónica Antunes, companheira desde a primeira hora, que com o seu amor e entusiasmo espalha o fogo pelo mundo;

Paulo Rocco, pela alegria das batalhas que travamos juntos, e pela dignidade dos combates que travamos entre nós;

Matthew Lore, por não ter esquecido uma sábia linha do *I Ching:* «A perseverança é favorável.»

OH MARIA CONCEBIDA SEM PECADO,
ROGAI POR NÓS QUE RECORREMOS A VÓS. AMÉN.

Um missionário espanhol visitava uma ilha quando encontrou três sacerdotes astecas.

– Como rezam vocês ? – perguntou o padre.

– Temos apenas uma oração – respondeu um dos astecas. – Nós dizemos: «Deus, Tu És três, nós somos três. Tende piedade de nós.»

– Bela oração – disse o missionário. – Mas ela não é exactamente a prece que Deus escuta. Vou ensinar-vos uma muito melhor.

O padre ensinou-lhes uma oração católica, e seguiu o seu caminho de evangelização. Anos depois, já no navio que o levava de volta à Espanha, teve que passar de novo por aquela ilha. Do convés, viu os três sacerdotes na praia – e acenou-lhes.

Nesse momento, os três começaram a caminhar pela água, na sua direcção.

– Padre! Padre! – chamou um deles, aproximando-se do navio. – Ensina-nos de novo a oração que Deus escuta, porque não conseguimos lembrar-nos!

– Não importa – disse o missionário vendo o milagre. E pediu perdão a Deus, por não ter entendido antes que Ele falava todas as línguas.

Esta história exemplifica bem o que procuro contar em *Na Margem do rio Piedra eu sentei e chorei*. Raramente nos damos conta de que estamos cercados pelo Extraordinário. Os milagres acontecem à nossa volta, os sinais de Deus mostram-nos o caminho, os anjos pedem para ser ouvidos – mas, como aprendemos que existem fórmulas e regras para chegar até Deus, não damos atenção a nada disto. Não entendemos que Ele está onde O deixam entrar.

As práticas religiosas tradicionais são importantes: elas fazem-nos partilhar com os outros a experiência comunitária da adoração e da oração. Mas nunca podemos esquecer que a experiência espiritual é sobretudo uma experiência *prática* de Amor. E no Amor não existem regras. Podemos tentar seguir manuais, controlar o coração, ter uma estratégia de comportamento – mas tudo isso é tolice. O coração decide, e o que ele decidir é o que vale.

Todos nós já o experimentámos na vida. Todos nós, em algum momento, já dissemos entre lágrimas: «Estou a sofrer por um amor que não vale a pena». Sofremos porque achamos que damos mais do que recebemos. Sofremos porque o nosso amor não é reconhecido. Sofremos porque não conseguimos impor as nossas regras.

Sofremos à toa: porque no amor está a semente do nosso crescimento. Quanto mais amamos, mais próximos estamos da experiência espiritual. Os verdadeiros iluminados, com suas almas incendiadas pelo Amor, venciam todos os preconceitos da época. Cantavam, riam, rezavam em voz alta, dançavam, compartilhavam aquilo que São Paulo chamou «santa loucura». Eram alegres – porque quem ama venceu o mundo, não tem medo de perder nada. O verdadeiro amor é um acto de entrega total.

*Na Margem do rio Piedra eu sentei e chorei* é um livro sobre a importância desta entrega. Pilar e o seu companheiro são personagens fictícios, mas símbolos dos muitos conflitos que nos acompanharam na busca da Outra Parte. Cedo ou tarde, temos que vencer os nossos medos – já que o caminho espiritual se faz através da experiência diária do amor.

O monge Thomas Merton dizia: «A vida espiritual resume-se em amar. Não se ama porque se quer fazer o bem, ou ajudar, ou proteger alguém. Se assim agimos, estaremos a ver o próximo como simples objecto, e estaremos a ver-nos a nós mesmos como pessoas generosas e sábias. Isso nada tem a ver com amor. Amar é comungar com o outro, e descobrir nele a centelha de Deus.»

Que o pranto de Pilar na margem do rio Piedra nos conduza pelo caminho desta comunhão.

PAULO COELHO

*NA MARGEM DO RIO PIEDRA*

EU SENTEI E CHOREI. Conta a lenda que tudo o que cai nas águas deste rio – as folhas, os insectos, as penas das aves – se transforma nas pedras do seu leito. Ah, quem me dera que eu pudesse arrancar o coração do meu peito e atirá-lo na correnteza, e então não haveria mais dor, nem saudade, nem lembranças.

Nas margens do Rio Piedra eu sentei e chorei. O frio do Inverno fez com que eu sentisse as lágrimas na face, e elas misturaram-se com as águas geladas que corriam diante de mim. Em algum lugar, este rio junta-se com outro, depois com outro, até que – distante dos meus olhos e do meu coração – todas estas águas se confundem com o mar.

Que as minhas lágrimas corram assim para bem longe, para que o meu amor nunca saiba que um dia chorei por ele. Que as minhas lágrimas corram para bem longe, e então eu esquecerei o rio Piedra, o mosteiro, a igreja nos Pirenéus, a bruma, os caminhos que percorremos juntos.

Eu esquecerei as estradas, as montanhas e os campos dos meus sonhos – sonhos que eram meus, e que eu não conhecia.

Eu lembro-me do meu instante mágico, daquele momento em que um «sim» e um «não» podem mudar toda a nossa existência. Parece ter acontecido há tanto tempo e, no entanto, faz apenas uma semana que reencontrei o meu amado e o perdi.

Nas margens do Rio Piedra escrevi esta história. As mãos ficavam geladas, as pernas entorpecidas pela posição e eu precisava parar a todo o instante.

13

– Procure viver. Lembrar é para os mais velhos – dizia ele.

Talvez o amor nos faça envelhecer antes da hora e nos torne jovens quando a juventude já passou. Mas como não recordar aqueles momentos? Por isso escrevia, para transformar a tristeza em saudade, a solidão em lembranças. Para que, quando acabasse de contar a mim mesma esta história, a pudesse lançar no Piedra – assim me tinha dito a mulher que me acolheu. Para que então – lembrando as palavras de uma santa – as águas pudessem apagar o que o fogo escreveu.

Todas as histórias de amor são iguais.

Tínhamos passado a infância e a adolescência juntos. Ele partiu, como todos os rapazes das cidades pequenas. Disse que ia conhecer o mundo, que os seus sonhos iam além dos campos de Soria.

Fiquei alguns anos sem notícias suas. De vez em quando recebia uma carta ou outra, mas isso era tudo – porque ele nunca voltou aos bosques e às ruas da nossa infância.

Quando terminei os meus estudos, mudei-me para Saragoça – descobri que ele tinha razão. Soria era uma cidade pequena e o seu único poeta famoso dissera que o caminho é feito ao andar. Entrei para a faculdade e arranjei um noivo. Comecei a estudar para um concurso público que não acontecia nunca. Trabalhei como vendedora, paguei os meus estudos, fui reprovada no concurso público, desisti do noivo.

As suas cartas, então, começaram a chegar com mais frequência – e pelos selos de diversos países, eu sentia inveja. Ele era o amigo mais velho, que sabia tudo, percorria o mundo e deixava crescer as suas asas – enquanto que eu procurava criar raízes.

De uma hora para a outra, as suas cartas falavam em Deus e vinham sempre de um mesmo lugar em França. Numa delas, manifestou o desejo de entrar para um seminário e dedicar a sua vida à oração. Eu escrevi de volta, pedindo-lhe que esperasse um pouco, que vivesse um pouco mais a sua liberdade antes de se comprometer com algo tão sério.

Quando li a minha carta, resolvi rasgá-la: quem era eu para falar em liberdade ou compromisso? Ele sabia dessas coisas e eu não.

Um dia soube que ele estava a proferir palestras. Fiquei surpresa, porque era jovem de mais para ensinar qualquer coisa. Mas, há duas semanas atrás, mandou-me um cartão onde dizia que iria falar para um pequeno grupo em Madrid e fazia questão da minha presença.

Viajei durante quatro horas, de Saragoça a Madrid, porque queria tornar a vê-lo. Queria ouvi-lo. Queria sentar-me com ele num bar e lembrar os tempos em que brincávamos juntos e achávamos que o mundo era grande de mais para ser percorrido.

*SÁBADO, 4 DE DEZEMBRO DE 1993*

A conferência tinha lugar num local mais formal do que eu tinha imaginado, e tinha muito mais gente do que eu esperava. Não percebia como é que tudo aquilo estava a acontecer. «Se calhar ficou famoso», pensei. Não me tinha dito nada nas suas cartas. Senti vontade de falar com as pessoas presentes, perguntar o que faziam ali, mas não tive coragem.

Fiquei surpresa ao vê-lo entrar. Parecia diferente do rapaz que eu conheci – mas claro, em onze anos, as pessoas mudam. Estava mais bonito e os seus olhos brilhavam.

– Está a devolver-nos o que era nosso – disse uma mulher ao meu lado.

A frase era estranha.

– O que é que ele está a devolver? – perguntei.

– Aquilo que nos foi roubado. A religião.

– Não, ele não nos está a devolver – disse uma mulher mais jovem, sentada à minha direita. – Eles não nos podem devolver aquilo que já nos pertence.

– O que é que está aqui a fazer, então? – perguntou, irritada, a primeira mulher.

– Quero ouvi-lo. Quero ver como pensam, porque já nos queimaram um dia, e podem querer repetir.

– Ele é uma voz solitária – disse a mulher. – Está a fazer o possível.

A jovem esboçou um sorriso irónico e, voltando-se para a frente, encerrou a conversa.

– Para um seminarista, é uma atitude corajosa – continuou a mulher, desta vez olhando para mim, à procura de apoio.

Eu não estava a perceber nada, fiquei calada, e a mulher desistiu. A jovem ao meu lado piscou-me um olho – como se eu fosse sua aliada.

Mas eu estava quieta por outra razão. Pensava no que a mulher tinha dito.

«Seminarista».

Não podia ser. Ele teria avisado.


Ele começou a falar e eu não conseguia concentrar-me. «Devia ter-me vestido melhor», pensava, sem entender a causa de tanta preocupação. Ele tinha-me visto na plateia e eu tentava decifrar os seus pensamentos: como estaria eu? Qual a diferença entre uma menina de dezoito anos e uma mulher de vinte e nove?

A sua voz era igual. No entanto, as suas palavras tinham mudado muito.

*É preciso correr riscos, dizia ele. Só percebemos realmente o milagre da vida quando deixamos que o inesperado aconteça.*

*Deus dá-nos todos os dias – junto com o sol – um momento em que é possível mudar tudo o que nos deixa infelizes. Todos os dias procuramos fingir que não nos apercebemos desse momento, que ele não existe, que hoje é igual a ontem e será igual ao amanhã. Mas, quem presta atenção ao seu dia, descobre o instante mágico. Ele pode estar escondido na altura em que enfiamos a chave na porta, pela manhã, no instante de silêncio logo após o jantar, nas mil e uma coisas que nos parecem iguais. Mas esse momento existe – um momento onde toda a força das estrelas passa por nós, e nos permite fazer milagres.*

*Às vezes, a felicidade é uma bênção – mas geralmente é uma conquista. O instante mágico do dia ajuda-nos a mudar, faz-nos ir em busca dos nossos sonhos. Vamos sofrer, vamos ter momentos difíceis, vamos enfrentar muitas desilusões. Mas tudo isso é passageiro e não deixa marcas. E, no futuro, poderemos olhar para trás com orgulho e fé.*

*Mas pobre de quem teve medo de correr riscos. Porque esse talvez não se decepcione nunca, nem tenha desilusões, nem sofra como aqueles que têm um sonho a seguir. Mas quando olhar para trás – porque olhamos sempre para trás – vai ouvir o seu coração a dizer: «O que fizeste com os milagres que Deus semeou nos teus dias? O que fizeste com os talentos que o teu Mestre te confiou? Enterraste-os bem fundo numa cova, porque tinhas medo de perdê-los. Então, esta é a tua herança: a certeza de que desperdiçaste a tua vida.»*

*Pobre daquele que escuta estas palavras. Porque então acreditará em milagres, mas os instantes mágicos da vida já terão passado.*

As pessoas cercaram-no assim que ele acabou de falar. Eu esperei, preocupada com a impressão que ele teria de mim, depois de tantos anos. Eu sentia-me uma criança – insegura, ciumenta porque não conhecia os seus novos amigos, tensa porque ele dava mais atenção aos outros do que a mim.

Então ele aproximou-se. Ficou vermelho, e já não era o homem que dizia coisas importantes; voltava a ser o rapaz que se escondia comigo na ermida de São Satúrio, a falar dos seus sonhos de percorrer o mundo – enquanto os nossos pais pediam ajuda à polícia, pensando que nos tínhamos afogado no rio.

– Olá, Pilar – disse ele.

Eu beijei-o no rosto. Podia ter dito algumas palavras de elogio. Podia ter-me cansado de ficar no meio de tanta gente. Podia ter feito algum comentário engraçado sobre a infância e sobre o orgulho de vê-lo assim, admirado pelos outros.

Eu podia explicar que precisava de sair a correr para apanhar o último autocarro da noite para Saragoça.

**Eu podia.** Jamais chegaremos a compreender o significado desta frase. Porque em todos os momentos da nossa vida existem coisas que podiam ter acontecido, e acabaram por não acontecer. Existem instantes mágicos que vão passando despercebidos e, de repente, a mão do destino muda o nosso universo.

Foi o que aconteceu naquele momento. Ao invés de todas as coisas que eu podia ter feito, eu fiz um comentário. Um comentário que, uma semana depois, me trouxe diante deste rio e me fez escrever estas linhas.

– Podemos tomar um café? – foi o que eu disse.

E ele, virando-se para mim, aceitou a mão que o destino oferecia:

– Eu preciso muito falar contigo. Amanhã tenho uma palestra em Bilbau. Estou de carro.

– Tenho de voltar para Saragoça – respondi, sem saber que ali estava a última saída.

Mas, numa fracção de segundo, talvez porque voltara a ser uma criança, talvez porque não somos nós quem escreve os melhores momentos das nossas vidas, disse:

– Vem aí o feriado da Imaculada Conceição. Posso acompanhar--te até Bilbau e voltar de lá.

A pergunta sobre o «seminarista» estava na ponta da minha língua.

– Há alguma coisa que me queiras perguntar? – disse ele, apercebendo-se da minha expressão.

– Sim – tentei disfarçar. – Antes da conferência, uma mulher disse que tu estavas a devolver o que era dela.

– Nada de importante.

– Para mim é importante. Não sei nada da tua vida, estou surpreendida por ver tanta gente aqui.

Ele riu-se e virou-se para dar atenção aos outros presentes.

– Um momento – disse eu, segurando-o pelo braço. – Não respondeste à minha pergunta.

– Nada que te interesse muito, Pilar.

– De qualquer forma, quero saber.

Ele respirou fundo e levou-me para um canto da sala.

– Todas as três religiões monoteístas – o judaísmo, o catolicismo e o islamismo – são masculinas. Os sacerdotes são homens. Os homens governam os dogmas e fazem as leis.

– E o que é que a mulher quis dizer?

Ele vacilou um pouco. Mas respondeu:

– Que tenho uma visão diferente das coisas. Que creio na face feminina de Deus.

Respirei aliviada; a mulher estava enganada. Ele não podia ser seminarista, porque os seminaristas não têm uma visão diferente das coisas.

– Explicaste-te muito bem – respondi.

A rapariga que me tinha piscado o olho, estava à minha espera na porta.

– Sei que pertencemos à mesma tradição – disse ela. – O meu nome é Brida.

– Não sei do que está a falar – respondi.

– Claro que sabe – riu-se ela.

Pegou-me pelo braço e saímos juntas, antes que eu tivesse tempo de explicar o que quer que fosse. A noite não estava muito fria e eu não sabia muito bem o que fazer até à manhã seguinte.

– Onde vamos? – perguntei.

– Até à estátua da Deusa – foi a sua resposta.

– Preciso de encontrar um hotel barato, para passar a noite.

– Depois lhe digo.

Teria preferido sentar-me num café, conversar mais um pouco, saber tudo o que pudesse sobre ele. Mas como não queria discutir com ela, deixei que me guiasse pelo Paseo de Castellana, enquanto olhava Madrid depois de tantos anos.

A meio da avenida ela parou e apontou para o céu.

– Lá está ela – disse.

A lua cheia brilhava entre os ramos sem folhas.

– Está linda – comentei.

Mas ela não me ouvia. Abriu os braços em forma de cruz, virou as palmas das mãos para cima, e ficou a contemplar a lua.

«Onde me vim meter», pensei. «Vim assistir a uma conferência, acabei no Paseo de Castellana com esta louca, e amanhã viajo para Bilbau.»

– Ó espelho da Deusa Terra – disse a rapariga, com os olhos fechados. – Ensina-nos o nosso poder, faz com que os homens nos compreendam. Nascendo, brilhando, morrendo e ressuscitando no céu, tu mostraste-nos o ciclo da semente e do fruto.

A rapariga esticou os braços para o céu e ficou um longo tempo nessa posição. As pessoas que passavam olhavam e riam, mas ela nem dava conta; quem morria de vergonha era eu, por estar ao seu lado.

– Estava a precisar de fazer isto – disse, depois de uma longa reverência para a lua. – Para que a Deusa nos proteja.

– Do que é que está a falar, afinal?

– Da mesma coisa que o seu amigo falou, só que com palavras verdadeiras.

Arrependi-me de não ter prestado atenção à palestra. Era incapaz de perceber o que ele disse.

– Nós conhecemos a face feminina de Deus – disse a rapariga, enquanto voltávamos a andar. – Nós, as mulheres, que entendemos e amamos a Grande Mãe. Pagámos a nossa sabedoria com as perseguições e as fogueiras, mas sobrevivemos. E agora entendemos os seus mistérios.

As fogueiras. As bruxas.

Olhei melhor para a mulher a meu lado. Era bonita, os seus cabelos ruivos desciam até ao meio das costas.

– Enquanto os homens saíam para caçar, nós ficávamos nas cavernas, no ventre da Mãe, cuidando dos nossos filhos – continuou ela. – E foi aí que a Grande Mãe nos ensinou tudo.

»O homem vivia em movimento, enquanto nós ficávamos no ventre da Mãe. Isto fez-nos perceber que as sementes se transformavam em plantas, e avisámos os nossos homens. Fizemos o primeiro pão, e alimentámo-los. Moldámos o primeiro vaso para que eles bebessem. E entendemos o ciclo da criação, porque o nosso corpo repetia o ritmo da lua.

De repente, ela parou.

– Ali está ela!

Eu olhei. No meio de uma praça, rodeada de trânsito por todos os lados, havia uma fonte. No meio dessa fonte, estava a escultura de uma mulher numa carruagem, puxada por leões.

– É a Praça Cibele – disse eu, querendo demonstrar que conhecia Madrid. Já tinha visto aquela escultura em dezenas de postais.

Mas ela não me ouvia. Estava no meio da rua, a tentar fintar o trânsito.

– Vamos até lá! – gritava, acenando-me por entre os carros.

Resolvi ir ter com ela, apenas para perguntar o nome de um hotel. Aquela loucura já me estava a cansar e eu precisava de dormir.

Chegámos à fonte quase ao mesmo tempo – eu com o coração aos pulos e ela com um sorriso nos lábios.

– A água! – dizia ela. – A água é a sua manifestação!

– Por favor, eu preciso do nome de um hotel barato.

Ela enfiou as mãos na fonte.

– Faça o mesmo – disse-me. – Toque na água.

– De jeito nenhum. Mas não quero atrapalhá-la. Vou deixá-la e vou procurar um hotel.

– Só mais um momento.

A rapariga tirou uma pequena flauta da sua mala e começou a tocar. A música parecia ter um efeito hipnótico: o ruído do tráfego foi-se tornando distante e o meu coração acalmou-se. Sentei-me na borda da fonte, a ouvir o barulho da água e da flauta, com os olhos fixos na lua cheia acima de nós. Algo me dizia que – embora eu não conseguisse compreender completamente – ali estava um bocado da minha natureza de mulher.

Não sei durante quanto tempo ela tocou. Quando acabou, virou-se para a fonte.

– Cibele – disse ela. – Uma das manifestações da Grande Mãe. Que governa as colheitas, sustenta as cidades, devolve à mulher o seu papel de sacerdotisa.

– Quem é a senhora? – perguntei. – Por que me pediu que a acompanhasse?

Ela virou-se para mim:

– Sou o que acha que eu sou. Faço parte da religião da Terra.

– O que quer de mim? – insisti.

– Posso ler nos seus olhos. Posso ler no seu coração. Irá apaixonar-se. E sofrer.

– Eu?

– Sabe do que estou a falar. Eu vi como ele a olhava. Ele ama-a. Aquela mulher estava louca.

– Por isso, chamei-a para sair comigo – continuou. – Porque ele é importante. Embora diga tolices, pelo menos reconhece a Grande Mãe. Não deixe que ele se perca. Ajude-o.

– Não sabe o que diz. Está perdida no meio das suas fantasias – disse eu, enquanto me embrenhava de novo por entre os carros, jurando nunca mais pensar nas palavras daquela mulher.

*DOMINGO, 5 DE DEZEMBRO DE 1993*

Parámos para tomar um café.

– A vida ensinou-te muitas coisas – disse eu, tentando manter a conversa.

– Ensinou-me que podemos aprender, ensinou-me que podemos mudar – respondeu ele. – Mesmo que pareça impossível.

Estava a esquivar-se ao assunto. Quase não tínhamos falado, durante as duas horas de viagem até àquele café de estrada.

A princípio, procurei relembrar o nosso tempo de infância, mas ele apenas demonstrava um interesse educado. Não estava sequer a ouvir, e fazia perguntas sobre coisas que eu já dissera.

Alguma coisa estava errada. Podia ser que o tempo e a distância o tivessem afastado para sempre daquele mundo. «Ele fala sobre instantes mágicos», pensei comigo mesma. «Que diferença faz a carreira que seguiu Carmen, Santiago ou Maria?» O seu universo era outro, Soria resumia-se a uma lembrança distante – parada no tempo, com os amigos de infância ainda na infância, e os velhos ainda vivos e fazendo o que já faziam há vinte e nove anos atrás.

Comecei a ficar arrependida por ter aceite a boleia. Quando ele mudou novamente de assunto, durante o café, resolvi não insistir mais.


As restantes duas horas, até Bilbau, foram uma verdadeira tortura. Ele olhava para a estrada, eu olhava pela janela, e nenhum dos dois escondia o mal-estar que se tinha instalado. O carro de aluguer não tinha rádio e a solução era aguentar o silêncio.

– Vamos perguntar onde é o terminal dos autocarros – disse eu, assim que saímos da auto-estrada.

– Há uma linha regular para Saragoça.

Era a hora da *siesta* e havia pouca gente nas ruas. Passámos por um senhor, por um casal de jovens, e ele não parou para obter a informação.

– Sabes onde é que é? – perguntei, depois de algum tempo.

– Onde é o quê?

Ele continuava sem ouvir o que eu lhe dizia. De repente, entendi o silêncio. O que é que ele poderia ter para conversar com uma mulher que nunca se tinha aventurado pelo mundo fora? Qual é a graça de se estar ao lado de alguém que tem medo do desconhecido, que prefere um emprego seguro e um casamento convencional? Eu – pobre de mim – falava dos mesmos amigos de infância, das lembranças empoeiradas de um povoado insignificante. Era o meu único assunto.

– Podes deixar-me aqui mesmo – disse eu, quando chegámos ao que parecia ser o centro da cidade. Tentei parecer natural, mas sentia-me tola, infantil e aborrecida.

Ele não parou o carro.

– Tenho que apanhar o autocarro de volta para Saragoça – insisti.

– Nunca aqui estive. Não sei onde é o meu hotel. Não sei onde é a conferência. Não sei da estação dos autocarros.

– Eu dou um jeito, não te preocupes.

Ele foi diminuindo a velocidade, mas continuava a guiar.

– Gostaria... – disse.

Por duas vezes ele não conseguiu terminar a frase. Eu imaginava o que ele gostaria: agradecer a minha companhia, mandar algumas lembranças aos amigos, e – desta maneira – aliviar aquela sensação desagradável.

– Tenho uma conferência hoje à noite – disse, por fim. – Gostaria que fosses comigo.

Apanhei um susto. Talvez ele estivesse a tentar ganhar tempo, para remediar o silêncio constrangedor da viagem.

– Gostaria muito que fosses comigo – repetiu.

Eu podia ser uma rapariga do interior, sem grandes histórias de vida para contar, sem o brilho e a presença das mulheres da cidade. Mas a vida do interior, embora não deixe a mulher mais elegante ou preparada, ensina como ouvir o coração, e entender os seus instintos.

Para surpresa minha, o meu instinto dizia-me que ele estava a ser sincero.

Respirei aliviada. Claro que não ia ficar para conferência nenhuma, mas ao menos o meu amigo querido parecia estar de volta, chamando-me para as suas aventuras, dividindo comigo os seus medos e as suas vitórias.


– Obrigada pelo convite – respondi. – Mas não tenho dinheiro para o hotel e preciso de voltar para os meus estudos.

– Eu tenho algum dinheiro. Podes ficar no meu quarto. Pedimos duas camas separadas.

Reparei que ele começava a suar, apesar do frio. O meu coração começou a dar sinais de alarme, os quais não conseguia identificar. A sensação de alegria de momentos antes foi substituída por uma imensa confusão.

Ele parou o carro de repente, e olhou-me nos olhos. Ninguém consegue mentir, ninguém consegue esconder nada, quando olha olhos nos olhos.

E toda a mulher, com um mínimo de sensibilidade, consegue ler nos olhos de um homem apaixonado. Por mais absurdo que possa parecer, por mais fora de lugar e de tempo que esta paixão possa manifestar-se. Lembrei-me imediatamente das palavras da mulher ruiva, na fonte.

Não era possível. Mas era verdade.

Eu nunca, nunca em toda a minha vida tinha pensado que – tanto tempo depois – ele ainda se lembrava. Éramos crianças, vivíamos juntos e descobrimos o mundo de mãos dadas. Eu amei-o – se é que uma criança consegue perceber o significado do amor. Mas aquilo tinha acontecido há muito tempo – numa outra vida, onde a inocência deixa o coração aberto para o que há de melhor na vida.

Agora éramos adultos e responsáveis. As coisas da infância eram coisas da infância.

Tornei a olhar para os seus olhos. Eu não queria ou não conseguia acreditar.

– Tenho mais esta conferência e depois vem o feriado da Imaculada Conceição. Eu preciso de ir até às montanhas – continuou. – Preciso de mostrar-te algo.

O homem brilhante, que falava de instantes mágicos, estava ali na minha frente agindo da maneira mais errada possível. Avançava rápido de mais, estava inseguro, fazia propostas confusas. Era duro vê-lo desta maneira.

Abri a porta, saí, e encostei-me ao carro. Fiquei a olhar para a avenida deserta à minha frente.

Acendi um cigarro e procurei não pensar. Podia disfarçar, fingir que não estava a entender – podia tentar convencer-me a mim mesma que era realmente uma proposta de um amigo para uma amiga de infância. Talvez ele estivesse há muito tempo a viajar, e começasse a confundir as coisas.

Talvez eu estivesse a exagerar.


Ele saltou do carro e sentou-se a meu lado.

– Gostaria que ficasses para a conferência desta noite – disse, mais uma vez. – Mas se não puderes, eu entendo.

Pronto. O mundo dera uma volta inteira e regressava ao seu lugar. Não era nada do que eu pensava – ele já não insistia mais, já estava disposto a deixar-me partir. Homens apaixonados não se comportam desta maneira.

Senti-me tola e aliviada ao mesmo tempo. Sim, eu podia ficar, pelo menos mais um dia. Jantaríamos juntos e embriagar-nos-ía--mos um pouco – coisa que jamais fizemos quando crianças. Era uma boa oportunidade para esquecer as parvoíces que eu tinha pensado minutos antes, para quebrar o gelo que nos acompanhava desde Madrid.

Um dia não ia fazer grande diferença. Pelo menos, ia ter alguma coisa para contar às minhas amigas.

– Camas separadas – disse eu, em tom de brincadeira. – E pagas tu o jantar, porque eu continuo estudante. Não tenho dinheiro.


Colocámos as malas no quarto do hotel e descemos para caminhar até ao local da conferência. Chegámos cedo e sentámo-nos num café.

– Quero dar-te uma coisa – disse ele, enquanto me entregava um saco vermelho.

Eu abri-o imediatamente. Lá dentro, uma medalha velha e enferrujada – com a Nossa Senhora das Graças de um lado e o Sagrado Coração de Jesus do outro.

– Era tua – disse ele, ao ver a minha cara de surpresa.

O meu coração começou outra vez a dar sinais de alarme.

– Um dia – era um Outono como este e nós devíamos ter dez anos – sentei-me contigo na praça do grande carvalho.

»Eu ia dizer algo, algo que ensaiara durante semanas a fio. Assim que comecei, tu disseste-me que tinhas perdido a tua medalha na ermida de São Satúrio, e pediste-me para ir lá procurá-la.

Eu lembrava-me. Ah, Deus, como eu me lembrava.

– Consegui encontrá-la. Mas, quando voltei à praça, já não tinha coragem para dizer aquilo que tinha ensaiado – continuou.

»Então prometi a mim mesmo que, só tornaria a entregar-te a medalha quando pudesse completar a frase que comecei a dizer naquele dia, há quase vinte anos atrás. Durante muito tempo tentei esquecer essa frase, e ela continuava presente. Não posso viver mais com ela.

Ele acabou de beber o café, acendeu um cigarro e ficou um longo tempo a olhar para o tecto. Depois virou-se para mim.

– A frase é muito simples – disse.

»Eu amo-te.

Às vezes somos possuídos por uma sensação de tristeza que não conseguimos controlar – dizia ele. – Percebemos que o instante mágico daquele dia passou e nada fizemos. Então, a vida esconde a sua magia e a sua arte.

Temos que dar ouvidos à criança que fomos um dia e que ainda existe dentro de nós. Essa criança percebe de instantes mágicos. Podemos sufocar o seu pranto, mas não podemos calar a sua voz.

Essa criança que fomos um dia continua presente. Bem-aventurados os pequeninos, porque deles é o Reino dos Céus.

Se não nascermos de novo, se não tornarmos a olhar a vida com a inocência e o entusiasmo da infância, viver não terá mais sentido.

Existem muitas maneiras de se cometer suicídio. Os que tentam matar o corpo, ofendem a lei de Deus. Os que tentam matar a alma, também ofendem a lei de Deus, embora o seu crime seja menos visível aos olhos do homem.

Prestemos atenção ao que nos diz a criança que temos guardada no peito. Não nos envergonhemos por causa dela. Não vamos deixar que ela tenha medo, porque está só e quase nunca é ouvida.

Vamos permitir que ela tome um pouco as rédeas da nossa existência. Essa criança sabe que um dia é diferente do outro.

Vamos fazer com que ela se sinta amada novamente. Vamos agradar-lhe – mesmo que isso signifique agir de uma maneira a que não estamos acostumados, mesmo que isso pareça uma tolice aos olhos dos outros.

Lembrem-se que a sabedoria dos homens é loucura diante de Deus. Se ouvirmos a criança que temos na alma, os nossos olhos tornarão a brilhar. Se não perdermos o contacto com essa criança, não perderemos o contacto com a vida.

As cores à minha volta começaram a ficar mais fortes, e eu senti que estava a falar mais alto e a fazer mais ruído quando voltei a colocar o copo na mesa.

Um grupo de quase dez pessoas tinha saído directamente da conferência para jantar. Todos falavam ao mesmo tempo, e eu sorria – eu sorria porque era uma noite diferente, a primeira noite, em muitos anos, que eu não tinha planeado.

Que alegria!

Quando decidi ir até Madrid, tinha os meus sentimentos e as minhas acções sob controlo. De repente, tudo tinha mudado. Eu estava ali – numa cidade onde nunca tinha posto os pés, embora ficasse a menos de três horas da minha cidade natal. Eu estava ali, sentada naquela mesa onde conhecia apenas uma pessoa – e todos falavam comigo como se me conhecessem há muito tempo. Eu estava ali, e surpreendia-me comigo mesma porque era capaz de conversar, beber e divertir-me com eles.

Eu estava ali porque, de repente, a vida entregou-me à Vida. E não sentia culpa, medo ou vergonha. À medida que ia ficando perto dele – e que o ouvia falar – ia-me convencendo de que ele tinha razão: existem momentos em que ainda é preciso correr riscos, dar passos loucos.

«Fico dias a fio diante daqueles livros e cadernos, a fazer um esforço sobre-humano para comprar a minha própria escravidão», pensei. «Por que quero este emprego? Em que é que ele me vai acrescentar como ser humano, ou como mulher?»

Nada. Eu não tinha nascido para ficar o resto da minha vida atrás de uma mesa, a ajudar os juízes a despachar processos.

«Não posso pensar assim sobre a minha vida», disse para mim mesma, com um medo repentino. «Vou ter que voltar para ela ainda esta semana.»

Devia ser o efeito do vinho. Afinal de contas, quem não trabalha, não come.

«Isto é um sonho. Vai acabar.»

Mas por quanto tempo poderei prolongar este sonho? Pela primeira vez naquela noite, pensei em acompanhá-lo nos próximos dias até às montanhas. Afinal de contas, começava agora uma semana de feriados.

– Quem é você? – perguntou uma bela mulher que estava na nossa mesa.

– Uma amiga de infância – respondi.

– Ele já fazia destas coisas quando criança? – continuou ela.

– Que coisas?

A conversa na mesa pareceu diminuir, e parar.

– Você sabe – insistiu a mulher. – Os milagres.

– Ele já sabia falar bem – respondi, sem perceber o que é que ela estava a dizer.

Todos se riram, inclusive ele – e eu fiquei sem saber o motivo daquela risota. Mas o vinho deixava-me livre, eu não precisava controlar tudo o que se passava.

Parei, olhei à minha volta, e fiz um comentário qualquer sobre um assunto que esqueci no momento seguinte. E voltei a pensar nos feriados.

Era bom estar ali, conhecer gente nova. As pessoas discutiam coisas sérias no meio de comentários engraçados, e eu tinha a sensação de estar a participar do que ia acontecendo no mundo. Pelo menos, esta noite, eu não era a mulher que assiste à vida pela TV ou pelos jornais.

Quando voltasse para Saragoça, ia ter muito que contar. Se aceitasse o convite para o feriado da Imaculada – então eu podia passar um ano inteiro a viver de recordações.

«Ele tinha toda a razão em não prestar atenção à minha conversa sobre os amigos de Soria», reflecti. E senti pena de mim mesma:

há anos que a gaveta da minha memória continha poucas personagens, e sempre as mesmas histórias para acompanhar.

– Beba mais um pouco – disse um homem de cabelos brancos, enquanto enchia o meu copo.

Eu bebi. Pensei nas poucas coisas que teria para contar aos meus filhos e netos.

– Estou a contar contigo – disse ele, de maneira a que só eu ouvisse. – Vamos juntos. Vamos até França.

O vinho deixava-me cada vez mais livre para dizer o que pensava.

– Só se deixares bem clara uma coisa – respondi.

– O quê?

– Aquilo de que falaste antes da conferência. No café.

– A medalha?

– Não – respondi, olhando-o nos olhos e fazendo os possíveis por parecer sóbria. – O que tu disseste.

– Depois conversamos – disse ele, mudando de assunto.

A declaração de amor. Não tínhamos tido tempo para conversar, mas eu tinha a certeza que poderia convencê-lo facilmente de que não era nada daquilo.

– Se queres que viaje contigo, é preciso que me ouças – disse.

– Não quero conversar aqui. Estamos a divertir-nos.

– Tu partiste muito cedo de Soria – insisti. – Eu sou apenas um laço com a tua terra. Eu levei-te próximo das tuas raízes, e isso deu-te forças para seguir adiante.

»Mas é tudo. Não pode existir nenhum amor.

Ele ouviu-me sem comentar. Alguém o chamou para saber a sua opinião e não consegui continuar a conversa.

«Pelo menos deixei claro o que penso» disse para mim mesma. Não existia aquele amor. Não podia existir tal amor, excepto nos contos de fadas.

Porque, na vida real, o amor precisa de ser possível. Mesmo que não haja uma retribuição imediata, o amor só consegue sobreviver quando existe a esperança – por mais distante que seja – de que conquistaremos a pessoa amada.

O resto é fantasia.

Como se tivesse adivinhado o meu pensamento, ele propôs-me um brinde do outro lado da mesa:

– Ao amor! – disse.

Também ele estava um pouco embriagado. Resolvi aproveitar a oportunidade.

– Aos sábios, capazes de entender que certos amores são tolices de infância – disse eu.

– Aquele que é sábio, só é sábio porque ama. E aquele que é tolo, só é tolo porque pensa que pode entender o amor – respondeu ele.

As outras pessoas na mesa ouviram o comentário, e no minuto seguinte, rebentou uma animada discussão sobre o amor. Todos tinham uma opinião formada, defendiam os seus pontos de vista com unhas e dentes, e várias garrafas de vinho foram necessárias para fazer com que se acalmassem. Finalmente, alguém disse que já era tarde e que o dono do restaurante queria fechar.

– Teremos cinco dias de feriado – gritou alguém de outra mesa. – Precisamos de comemorar! Se o dono quer fechar o restaurante, é porque vocês estavam a falar de assuntos sérios!

Todos riram – menos ele.

– Onde é que deveríamos ter conversas sérias? – perguntou ele ao bêbado da outra mesa.

– Na igreja! – disse o bêbado. E desta vez, o restaurante inteiro riu.

Ele levantou-se. Pensei que ia brigar, porque tínhamos todos voltado à adolescência, onde as brigas fazem parte da noite – junto com os beijos, as carícias em lugares proibidos, a música alta e a velocidade.

Mas tudo o que fez foi segurar a minha mão e dirigir-se para a porta do restaurante.

– É melhor nós irmos – disse. – Está a ficar tarde.

Chove em Bilbau, e chove no mundo. Quem ama precisa de saber perder-se, precisa de saber encontrar-se. Ele está a conseguir equilibrar bem estas duas partes. Está alegre, e canta, enquanto voltamos para o hotel.

*Son los locos que inventaron el amor.*

Embora ainda com a sensação do vinho e das cores fortes, vou aos poucos recuperando o meu equilíbrio. Preciso manter o controlo da situação, porque quero viajar nestes dias.

Já que não estou apaixonada, será fácil manter esse controlo. Quem é capaz de domar o seu coração, é capaz de conquistar o mundo.

*Con un poema y un tronbón*
*a develarte el corazón,* diz a letra.

«Gostaria de não controlar o meu coração», penso. Se conseguisse entregá-lo, nem que fosse apenas por um fim de semana, esta chuva que cai no meu rosto teria outro sabor. Se amar fosse fácil, eu estaria abraçada a ele e a letra da música contaria uma história que é a nossa história. Se não existisse Saragoça depois dos feriados, desejaria que o efeito da bebida não passasse nunca, seria livre de beijá-lo, acariciá-lo, dizer e ouvir coisas que só os apaixonados dizem entre si.

Mas não. Não posso.

Não quero.

*Salgamos a volar, querida mia,* diz a letra. Sim, vamos sair e voar. Dentro das minhas condições.

Ele não sabe que a minha resposta para o seu convite é «sim». Por que quero correr este risco? Porque neste momento estou bêbada e cansada dos meus dias iguais.

Mas este cansaço vai passar. E vou querer voltar para Saragoça, a cidade que escolhi para morar. Os meus estudos esperam-me, um concurso público espera-me. Espera-me também um marido que preciso de encontrar, e que não será difícil.

Espera-me uma vida sossegada, com filhos e netos, com o orçamento equilibrado e as férias anuais. Não conheço os seus pavores, mas conheço os meus – e já aprendi a lidar com eles. Não preciso de medos novos – bastam os que já tenho.

Não poderia – nunca – apaixonar-me por alguém como ele. Eu conheço-o bem de mais, vivemos juntos muito tempo, sei das suas fraquezas e dos seus temores. Não consigo admirá-lo como as outras pessoas.

Eu sei que o amor e as represas são iguais: se se deixa uma brecha por onde um fio de água se possa meter, aos poucos ele vai rebentando as paredes – e chega um momento em que ninguém consegue mais controlar a força da correnteza.

Se as paredes desmoronam, o amor toma conta de tudo; já não interessa o que é possível ou o que é impossível, não interessa se podemos ou não manter a pessoa amada ao nosso lado – amar é perder o controlo.

Não, não posso deixar uma brecha. Por menor que seja.

– Um momento!

Ele parou imediatamente de cantar. Passos rápidos ecoavam no chão molhado.

– Vamos – disse, agarrando o meu braço.

– Espere! – um homem gritava. – Preciso de falar consigo!

Mas ele andava cada vez mais rápido.

– Não é connosco – disse. – Vamos para o hotel.

Era connosco: não havia mais ninguém naquela rua. O meu coração disparou e o efeito da bebida desapareceu imediatamente. Lembrei-me que Bilbau era no País Basco, e que os atentados terroristas eram frequentes. Os passos foram-se aproximando.

– Vamos – disse ele, acelerando o passo.

Mas era tarde. A figura de um homem, molhado dos pés à cabeça, interpelou-nos.

– Parem, por favor! – disse o homem. – Pelo amor de Deus.

Eu estava apavorada, procurando um lugar para fugir, um carro de polícia que pudesse surgir como um milagre. Instintivamente, agarrei o seu braço – mas ele afastou as minhas mãos.

– Por favor! – disse o homem. – Soube que estava na cidade. Preciso da sua ajuda. É o meu filho!

O homem começou a chorar e ajoelhou-se no chão.

– Por favor! – dizia. – Por favor!

Ele respirou fundo, baixou a cabeça e fechou os olhos. Durante alguns momentos ficou em silêncio e tudo o que podíamos ouvir era o barulho da chuva misturado com os soluços do homem ajoelhado no passeio.

– Vai para o hotel, Pilar – disse, por fim. – E vê se dormes. Só devo voltar ao amanhecer.

*SEGUNDA-FEIRA, 6 DE DEZEMBRO DE 1993*

O amor é cheio de armadilhas. Quando se quer manifestar, mostra apenas a sua luz – e não nos permite ver as sombras que essa luz provoca.

– Olha a terra à nossa volta – disse ele. – Vamos deitar-nos no chão, sentir o coração do planeta a bater.

– Daqui a pouco – respondi. – Não posso sujar o único casaco que trouxe comigo.

Caminhámos por montes plantados com oliveiras. Depois da chuva de ontem em Bilbau, o sol desta manhã dava-me a sensação de sonho. Eu não tinha óculos escuros – não trouxera nada, porque ia voltar para Saragoça no mesmo dia. Tive de dormir com uma camisa que ele me emprestou; e comprei uma camisa interior na esquina do hotel, para – pelo menos – poder lavar a que eu usava.

– Deves estar enjoado de me ver com a mesma roupa – digo eu, a brincar, para ver se um assunto banal me traz de volta à realidade.

– Eu estou feliz porque tu estás aqui.

Ele não tornou a falar de amor desde que me entregou a medalha, mas está bem humorado, e parece que voltou aos dezoito anos. Anda ao meu lado, também mergulhado na claridade desta manhã.

– O que é que precisas de ir lá fazer? – disse eu, apontando para as montanhas dos Pirenéus, no horizonte.

– Por detrás daquelas montanhas está a França – respondeu, sorrindo.

– Eu estudei geografia. Quero apenas saber por que é que precisamos de lá ir.

Ele ficou algum tempo sem dizer nada, sorrindo apenas.

– Para que tu vejas uma casa. Quem sabe, interessas-te por ela.

– Se estás a pensar em ser corretor de imóveis, esquece. Eu não tenho dinheiro.

Para mim, tanto fazia ir até um povoado de Navarra, ou ir até França. Só não queria passar os feriados em Saragoça.

«Estás a ver?», ouvi o meu cérebro dizer ao meu coração. «Estás satisfeita por teres aceite o convite. Mudaste e não percebes isso.» Não, eu não mudei nada. Apenas relaxei um pouco.

– Repara nas pedras no chão. São redondas, sem arestas. Parecem seixos do mar. No entanto, o mar nunca esteve aqui, nos campos de Navarra.

– Os pés dos trabalhadores, os pés dos peregrinos, os pés dos aventureiros moldaram estas pedras – disse ele. – Elas mudaram e os viajantes também.

– Foram as viagens que te ensinaram tudo o que sabes?

– Não. Foram os milagres da Revelação.

Eu não percebi, nem fiz por aprofundar a questão. Estava imersa no sol, no campo, nas montanhas do horizonte.

– Para onde é que nos dirigimos? – perguntei.

– Para lado nenhum. Estamos a aproveitar a manhã,o sol, a bela paisagem. Temos uma longa viagem de carro pela frente.

Ele vacila por um momento, e pergunta:

– Guardaste a medalha?

– Guardei – digo, e começo a caminhar mais rápido. Não quero que ele toque nesse assunto – pode estragar a alegria e a liberdade desta manhã.

Aparece uma povoação. À maneira das cidades medievais, ela está no topo de um morro e posso ver – à distância – a torre da sua igreja e as ruínas de um castelo.

– Vamos até lá – peço-lhe.

Ele hesita, mas acaba por concordar. Existe uma capela no caminho e tenho vontade de lá entrar. Já não sei rezar, mas o silêncio das igrejas sempre me tranquilizou.

«Não te sintas culpada», digo para mim mesma. «Se ele está apaixonado, problema dele».

Ele perguntou pela medalha. Sei que estava à espera que eu voltasse à nossa conversa do café. Ao mesmo tempo tem medo de ouvir o que não quer ouvir – por isso não vai adiante, não toca no assunto.

Pode ser que ele me ame realmente. Mas conseguiremos transformar este amor em algo diferente, mais profundo.

«Ridículo», penso comigo mesma. «Não existe nada mais profundo que o amor. Nos contos infantis, as princesas beijam os sapos e eles transformam-se em príncipes. Na vida real, as princesas beijam os príncipes e eles transformam-se em sapos.»

Depois de quase meia hora de caminhada chegámos à capela. Um velho estava sentado nos degraus.

É a primeira pessoa que vemos desde que começámos a andar – porque estamos no fim do Outono e os campos estão entregues ao Senhor que fertiliza a terra com a sua bênção, e permite que o homem arranque o sustento com o suor do rosto.

– Bom dia – disse ele ao homem.

– Bom dia.

– Como se chama aquela povoação?

– San Martín de Unx.

– Unx? – digo eu. – Parece nome de gnomo!

O velho não percebe a brincadeira. Meio sem graça, caminho até à porta da capela.

– Não pode entrar – diz o velho. – Fechou ao meio-dia. Se quiser, pode voltar às quatro da tarde.

A porta está aberta. Vejo o seu interior – embora sem nitidez, por causa da claridade exterior.

– Só um minuto. Gostava de fazer uma prece.

– Sinto muito. Já está fechada.

Ele ouve a minha conversa como velho. Não diz nada.

– Está bem, vamos embora – digo. – Não adianta discutirmos.

Ele continua a olhar para mim, com um olhar vazio, distante.

– Porquê? – pergunta-me. – Não queres ver a capela?

Sinto que ele não gostou da minha atitude. Deve ter-me achado fraca, cobarde, incapaz de lutar pelo que quero. Sem que seja necessário um beijo, a princesa transforma-se num sapo.

– Lembra-te de ontem – digo. – Tu deste por concluída a nossa conversa no restaurante porque não estavas com vontade de discutir. Agora, que faço a mesma coisa, repreendes-me.

O velho observa, impávido, a nossa discussão. Deve estar contente por algo acontecer ali, diante dele, num lugar onde todas as manhãs, todas as tardes e todas as noites são iguais.

– A porta da igreja está aberta – diz ele, dirigindo-se para o velho. – Se quer dinheiro, podemos dar-lhe algum. Mas ela quer ver a igreja.

– Já passou da hora.

– Então está bem. Vem.

Ele pega-me pelo braço e entra comigo.

O meu coração salta. O velho pode ficar agressivo, chamar a polícia, estragar a nossa viagem.

– Por que é que estás a fazer isto?

– Porque tu queres ir à capela – é a resposta dele.

– Mas eu nem consigo ver bem o que está lá dentro; aquela discussão – e a minha atitude – tirou todo o encanto a uma manhã quase perfeita.

O meu ouvido está atento ao que se passa lá fora – a todo o momento imagino o velho saindo e a polícia da povoação a chegar. Invasores de capelas. Ladrões. Estão a fazer algo proibido, violam a lei. O velho disse que estava fechada, que já não era hora para visitas! Ele é um pobre velho, incapaz de nos deter – e a polícia será mais dura porque desrespeitámos um ancião.

Fico lá dentro apenas o tempo suficiente para mostrar que estou à vontade. O meu coração continua a bater tão fortemente, que tenho medo que ele o oiça.

– Podemos ir – digo, depois do que imaginei ser o tempo necessário para se rezar uma Avé-Maria.

– Não tenhas medo, Pilar. Tu não podes «contracenar».

Eu não queria que o problema com o velho se tornasse num problema com ele. Precisava de manter a calma.

– Não sei o que é «contracenar» – respondo.

– Certas pessoas vivem zangadas com alguém, zangadas consigo próprias, zangadas com a vida. Então, elas começam a criar uma espécie de peça de teatro nas suas cabeças, e escrevem o guião de acordo com as suas frustrações.

– Eu conheço muita gente assim. Sei do que falas.

– O pior, porém, é que elas não podem representar essa peça de teatro sozinhas – continua. – Então, começam a convocar outros actores.

»Foi o que o sujeito lá fora fez. Queria vingar-se de alguma coisa, e escolheu-nos para isso. Se tivéssemos aceite a sua proibição, estaríamos agora arrependidos e derrotados. Teríamos aceite fazer parte da sua vida mesquinha e das suas frustrações.

»A agressividade deste senhor era visível, foi fácil evitar que contracenássemos. Outras pessoas, no entanto, «convocam-nos» quando começam a comportar-se como vítimas, reclamando contra as injustiças da vida, pedindo para que nós concordemos, aconselhemos, participemos.

Ele olhou-me dentro dos olhos.

– Cuidado – disse. – Quando se entra nesse jogo, sai-se sempre a perder.

Ele tinha razão. Mesmo assim, eu sentia-me pouco à vontade ali dentro.

– Já rezei. Já fiz o que queria. Agora podemos sair.

Saímos. O contraste entre a escuridão da capela e o sol forte lá fora cega-me por instantes. Assim que os meus olhos se habituam, reparo que o velho já lá não está.

– Vamos almoçar – digo-lhe, andando em direcção à cidade.

Bebo dois copos de vinho ao almoço. Nunca bebi assim em toda a minha vida. Estou a ficar alcoólica.

«Que exagero.»

Ele conversa com o empregado de mesa. Descobre que existem várias ruínas romanas nas redondezas. Procuro acompanhar a conversa, mas não consigo esconder o meu mau humor.

A princesa tornou-se num sapo. Que importância tem isso? A quem preciso eu de provar o quer que seja, se não estou à procura de nada – nem homem, nem amor?

«Eu já sabia», penso. «Sabia que ia desequilibrar o meu mundo. O meu cérebro avisou-me – e o meu coração não quis seguir o conselho».

Tive que pagar um preço alto para conseguir o pouco que tenho. Precisei de renunciar a tantas coisas que desejava, abrir mão de tantos caminhos que apareceram à minha frente. Sacrifiquei os meus sonhos em nome de um sonho maior – a paz de espírito. Não quero abrir mão desta paz.

– Estás tensa – diz ele, interrompendo a conversa com o empregado.

– Sim, estou. Penso que aquele velho foi chamar a polícia. Penso que esta cidade é pequena e eles sabem onde estamos. Penso que a tua teimosia em almoçar aqui pode acabar com os nossos feriados.

Ele fica a girar o copo de água mineral. Deve saber que não é nada disso – que, na verdade, estou é envergonhada. Por que fazemos isto com as nossas vidas? Por que será que vemos o cisco no olho e não vemos as montanhas, os campos e as oliveiras?

– Escuta: não vai acontecer nada disso – diz ele. – O velho já voltou para a sua casa e já nem se lembra do episódio. Confia em mim.

«Não estou tensa por isso, seu tonto», penso.

– Ouve mais o teu coração – continua ele.

– É precisamente isso: estou a ouvi-lo – respondo. – E prefiro sair daqui. Não estou à vontade.

– Não bebas mais durante o dia. Não ajuda nada.

Até àquele momento, eu estava a controlar-me. Agora, é melhor dizer tudo aquilo que preciso.

– Tu achas que sabes tudo – digo. – Que entendes de instantes mágicos, de crianças interiores. Não sei o que fazes ao meu lado.

Ele ri.

– Eu admiro-te – diz ele. – E admiro a luta que travas com o teu coração.

– Que luta?

– Nada – responde.

Mas eu sei o que ele quer dizer.

– Não te iludas – respondo. – Se tu quiseres, podemos falar sobre isso. Tu estás enganado a respeito dos meus sentimentos.

Ele pára de girar o copo e encara-me:

– Não estou. Sei que tu não me amas.

Aquilo deixa-me ainda mais desorientada.

– Mas vou lutar por isso – continua. – Existem coisas na vida pelas quais vale a pena lutar até ao fim.

As palavras dele deixam-me sem resposta.

– Tu vales a pena – diz ele.

Eu olho para outro lado e procuro fingir que estou interessada na decoração do restaurante. Sentia-me um sapo, mas agora volto a ser uma princesa.

«Quero acreditar nas suas palavras», penso, enquanto olho para um quadro de pescadores e barcos. «Não vai mudar nada, mas pelo menos não me vou sentir tão fraca, tão incapaz.»

– Desculpa a minha agressividade – digo.

Ele sorri, chama o empregado e paga a conta.

O caminho de volta faz-me sentir ainda mais confusa. Pode ser do sol – mas não, é Outono, e o sol não aquece nada. Pode ser o velho – mas o velho já saiu da minha vida há muito tempo.

Pode ser de tudo aquilo que é novo. Todo o sapato novo incomoda. A vida não é diferente: apanha-nos desprevenidos e obriga-nos a caminhar para o desconhecido – quando não queremos, quando não precisamos.

Tento concentrar-me na paisagem, mas já não consigo ver os campos de oliveiras, a cidadezinha no monte, a capela que tinha um velho à porta. Nada disto me é familiar.

Lembro-me da bebedeira de ontem e da música que ele cantava:

*Las tardicitas de Buenos Aires tienen este no sé...*
*que sé yo?*
*Viste, sali de tu casa, por Arenales...*

Porquê Buenos Aires, se estávamos em Bilbau? Que rua é essa, Arenales? O que é que ele queria?

– Que música é aquela que tu cantaste ontem à noite? – pergunto.

– «Balada para Um Louco» – diz ele. – Por que é que só perguntaste hoje?

– Por nada – respondo.

Mas sim, há um motivo. Sei que ele cantou essa música porque é uma armadilha. Ele fez-me decorar a letra – e eu tenho que decorar as matérias para a prova. Podia ter cantado uma música conhecida, que eu já tivesse ouvido milhares de vezes – mas preferiu algo que eu nunca tinha ouvido.

É uma armadilha. Assim, mais tarde, quando esta música aparecer na rádio, ou num disco, eu vou lembrar-me dele, de Bilbau, da época em que o Outono da minha vida se transformou de novo em Primavera. Eu vou lembrar-me da excitação, da aventura e da criança que renasceu sabe Deus de onde.

Ele pensou nisto tudo. Ele é sábio, experiente, vivido e sabe como conquistar a mulher que deseja.

«Estou a ficar louca», digo para mim mesma. Acho que sou alcoó-lica porque bebi dois dias seguidos. Acho que ele sabe todos os tru-ques. Acho que me controla e me governa com a sua doçura.

«Admiro a luta que travas com o teu coração», disse ele no res-taurante.

Mas está enganado. Porque já lutei e venci o meu coração há muito tempo. Não me vou apaixonar pelo impossível.

Eu conheço os meus limites e a minha capacidade de sofrer.

– Diz qualquer coisa – peço-lhe, enquanto regressamos ao carro.

– O quê?

– Qualquer coisa. Conversa comigo.

Ele começa a contar-me algo sobre as aparições da Virgem Ma-ria em Fátima. Não sei de onde tirou esse assunto – mas consigo distrair-me com a história dos três pastorinhos que com Ela conver-saram.

Aos poucos, o meu coração sossega. Sim, eu conheço bem os meus limites e sei controlar-me.

Chegámos de noite, com uma névoa tão forte que mal dava para distinguir onde estávamos. Eu via apenas uma pequena praça, um lampião, algumas casas medievais mal iluminadas pela luz amarela e um poço.

– A névoa! – disse ele, excitado.

Fiquei sem perceber.

– Estamos em Saint-Savin – completou.

O nome não me dizia nada. Mas estávamos em França e isso deixava-me excitada.

– Porquê este lugar? – perguntei.

– Por causa da casa que te quero vender – respondeu, rindo. – Além disso, prometi que voltava no dia da Imaculada Conceição.

– Aqui?

– Aqui perto.

Ele parou o carro. Quando saímos, deu-me a mão e começámos a caminhar pelo meio da névoa.

– Este lugar entrou na minha vida sem que eu esperasse – disse ele.

«Tu também», pensei.

– Aqui, um dia, achei que tinha perdido o meu caminho. E não era bem assim: na verdade, eu tinha-o reencontrado.

– Falas por enigmas – disse eu.

– Foi aqui que eu percebi o quanto tu fazias falta na minha vida.

Eu voltei a olhar à nossa volta. Não podia compreender porquê.

– O que é que isso tem a ver com o teu caminho?

– Vamos arranjar um quarto, porque os dois únicos hotéis desta cidadezinha só funcionam no Verão. Depois jantaremos num bom restaurante – sem tensão, sem medo da polícia, sem precisar de voltar a correr para o carro.

»E, quando o vinho soltar as nossas línguas, conversaremos muito.

Rimos juntos. Eu já estava mais relaxada. Durante a viagem, dera-me conta da tolice que tinha pensado. Enquanto cruzávamos a cadeia de montanhas que separa a França da Espanha, pedi a Deus que lavasse a minha alma da tensão e do medo.

Já estava cansada de fazer aquele papel infantil, agindo como muitas das minhas amigas – que tinham medo do amor impossível, e nem sequer sabiam bem o que era o «amor impossível». Se continuasse assim, ia perder tudo aquilo de bom que aqueles poucos dias juntos me podiam dar.

«Cuidado», pensei. «Cuidado com a brecha na represa. Se ela surgir, nada neste mundo conseguirá fechá-la.»

– Que a Virgem nos proteja daqui por diante – disse ele.

Eu não respondi.

– Porque é que não disseste «ámen»? – perguntou.

– Porque já não acho importante. Houve uma época em que a religião fazia parte da minha vida – mas esse tempo passou.

Ele deu meia volta e começámos a andar para o carro.

– Ainda rezo – continuei. – Fiz isso enquanto cruzávamos os Pirenéus. Mas é algo automático, nem sei se confio muito.

– Porquê?

– Porque sofri e Deus não me ouviu. Porque – muitas vezes na minha vida – tentei amar com todo o meu coração e o amor acabou pisado, traído. Se Deus é amor, devia ter cuidado melhor dos meus sentimentos.

– Deus é amor. Mas quem entende bem do assunto é a Virgem.

Eu desatei a rir. Quando voltei a olhar para ele, vi que estava sério – não fora uma piada.

– A Virgem entende o mistério da entrega total – continuou ele.
– E, por ter amado e sofrido, libertou-nos da dor. Da mesma maneira que Jesus nos libertou do pecado.

– Jesus era o filho de Deus. A Virgem foi apenas uma mulher que teve a graça de recebê-lo no seu ventre – respondi. Estava a tentar reparar a risota fora de horas, queria que ele soubesse que eu respeitava a sua fé. Mas fé e amor não se discutem, principalmente numa linda cidadezinha como esta.

Ele abriu a porta do carro e pegou nas duas malas. Quando tentei pegar na minha bagagem ele sorriu.

– Deixa-me levar a tua mala – disse.

«Há quanto tempo ninguém me trata assim», pensei. Batemos à primeira porta; a mulher disse que não alugava quartos. Na segunda porta ninguém veio atender. Na terceira, um velhinho gentil recebeu-nos bem – mas quando vimos o quarto, só havia uma cama de casal. Eu recusei.

– Talvez seja melhor irmos para uma cidade maior – sugeri, quando saímos.

– Vamos conseguir um quarto – respondeu ele. – Conheces o exercício do Outro? Ele faz parte de uma história escrita há cem anos atrás, cujo autor...

– Esquece o autor e conta-me a história – peço, enquanto andamos pela única praça de Saint-Savin.

*Um sujeito encontra um velho amigo seu, o qual vive constantemente a tentar acertar na vida – sem resultado. «Vou ter que lhe dar algum dinheiro», pensa. Acontece que, naquela noite, descobre que o seu velho amigo está rico e veio para pagar todas as dívidas que tinha contraído no decorrer dos anos.*

*Vão até um bar que costumavam frequentar juntos, e ele paga a bebida a todos. Quando lhe indagam a razão de tanto êxito, responde que até há dias atrás, estava a viver o Outro.*

*– O que é o Outro? – perguntam todos.*

*– O Outro é aquele que me ensinaram a ser, mas que não sou eu. O Outro acredita que a obrigação do homem é passar a vida inteira a pensar como juntar dinheiro para não morrer de fome quando ficar velho. Tanto pensa, e tanto faz planos, que só descobre que está vivo quando os seus dias na Terra estão quase a acabar. Mas já é tarde de mais.*

– E você quem é?

– Eu sou o que qualquer um de nós é, se ouvir o seu coração. Uma pessoa que se deslumbra diante do mistério da vida, que está aberta para os milagres, que sente com alegria e entusiasmo aquilo que faz. Só que o Outro, com medo de se decepcionar, não me deixava agir.

– Mas existe sofrimento – dizem as pessoas no bar.

– Existem derrotas. Mas ninguém escapa delas. Por isso, é melhor perder alguns combates na luta pelos seus sonhos, que ser derrotado sem sequer saber porque está lutando.

– Só isso? – perguntam as pessoas no bar.

– Sim. Quando descobri isto, acordei decidido a ser o que realmente sempre desejei. O Outro ficou ali, no meu quarto, a olhar para mim, mas não o deixei mais entrar – embora tenha procurado assustar-me algumas vezes, alertando-me para os riscos de não pensar no futuro.

»A partir do momento em que expulsei o Outro da minha vida, a energia Divina operou os seus milagres.

«Acho que ele inventou esta história. Pode ser bonita, mas não é verdadeira», pensei, enquanto continuávamos à procura de um lugar para ficar. Saint-Savin não tinha mais do que trinta casas, e em breve teríamos que fazer o que eu já tinha sugerido – ir para uma cidade maior.

Por muito entusiasmo que ele tivesse, por mais que o Outro já estivesse longe da sua vida, os habitantes de Saint-Savin não sabiam que o seu sonho era dormir ali naquela noite, e não iam ajudar em nada. Entretanto, enquanto ele contava a história, parecia que me via a mim própria. Os medos, a insegurança, a vontade de não ver tudo o que é maravilhoso – porque amanhã pode acabar e vamos sofrer.

Os deuses jogam dados e não perguntam se queremos participar no jogo. Não querem saber se deixámos um homem, uma casa, um trabalho, uma carreira, um sonho. Os deuses não ligam para o facto de que temos uma vida onde cada coisa tem o seu canto, onde cada desejo pode ser conseguido com trabalho e persistência. Os deuses não levam em conta os nossos planos, as nossas esperanças; em algum lugar do universo, eles jogam os dados – e você, por acaso, é escolhido. A partir daí, ganhar ou perder é uma questão de sorte.

Os deuses jogam os dados e libertam o Amor da sua jaula. A força que pode criar ou destruir – dependendo da direcção em que o vento soprava no momento em que ela saiu da prisão.

Por enquanto esta força estava a soprar para o lado dele. Mas os ventos são tão caprichosos como os deuses – e, no mais fundo do meu ser, eu começava a sentir algumas rajadas.

Como se o destino me quisesse mostrar que a história do Outro era verdadeira – e o universo sempre conspira a favor dos sonhadores – encontrámos uma casa para ficar, com um quarto de duas camas separadas. A minha primeira providência foi tomar um banho, lavar a minha roupa e vestir a camisa que tinha comprado. Senti-me como nova – e isso deixou-me segura.

«Quem sabe, a Outra não gosta desta camisa», ri para mim mesma.

Depois de jantarmos com os donos da casa – os restaurantes também estavam fechados no Outono e no Inverno – ele pediu uma garrafa de vinho, prometendo comprar outra no dia seguinte

Vestimos os casacos, pegámos em dois copos emprestados e saímos.

– Vamos sentar-nos na beira do poço – disse eu.

Ficámos ali, a beber para afastar o frio e a tensão.

– Parece que o Outro voltou a encarnar em ti – brinquei. – O teu humor piorou.

Ele riu.

– Disse que íamos conseguir um quarto e conseguimos. O Universo ajuda-nos sempre a lutar pelos nossos sonhos, por mais idiotas que possam parecer. Porque são os nossos sonhos, e só nós sabemos o quanto custa sonhá-los.

A névoa – que o lampião coloria de amarelo – não nos deixava ver bem o outro lado da praça.

Respirei fundo. O assunto já não podia ser evitado.

– Ficámos de falar de amor – continuei. – Não podemos mais evitá-lo. Tu sabes como eu tenho passado estes dias.

»Por mim, este assunto nem teria surgido. Mas – uma vez que surgiu – não consigo deixar de pensar nele.

– Amar é perigoso.

– Eu sei disso – respondi. – Já amei antes. Amar é como uma droga. No princípio vem a sensação de euforia, de total entrega. Depois, no dia seguinte, tu queres mais. Ainda não te viciaste, mas gostaste da sensação e achas que podes mantê-la sob controlo. Pensas durante dois minutos nela e esqueces por três horas.

»Mas aos poucos, acostumas-te com aquela pessoa, e passas a depender completamente dela. Então, pensas por três horas e esqueces por dois minutos. Se ela não está perto, experimentas as mesmas sensações que os viciados têm quando não conseguem arranjar a droga. Nesse momento, assim como os viciados roubam e se humilham para conseguir o que precisam, tu estás disposto a fazer qualquer coisa pelo amor.

– Que exemplo horrível – disse ele.

Era realmente um exemplo horrível, que não combinava com o vinho, com o poço, com as casas medievais em torno da pequena praça. Mas era verdade. Se ele tinha dado tantos passos por causa do amor, precisava de conhecer os riscos.

– Por isso, só devemos amar quem podemos ter por perto – concluí.

Ele ficou um longo tempo a olhar para a névoa. Dava a sensação de que já não ia pedir para navegarmos pelas águas perigosas de uma conversa sobre o amor. Eu estava a ser dura, mas não havia outra alternativa.

«Encerrámos o assunto», pensei. A convivência de três dias – e ainda por cima, com ele a ver-me sempre com a mesma roupa – foi suficiente para fazê-lo mudar de ideias. O meu orgulho de mulher sentiu-se ferido, mas o coração bateu mais aliviado.

«Será que é isto mesmo que eu quero?», pensei.

Porque eu começava a sentir as tempestades que os ventos do amor trazem consigo. Eu começava já a sentir um furo na parede da represa.

Ficámos um longo tempo a beber, sem conversar sobre coisas sérias. Comentámos sobre os donos da casa e o santo que fundou aquela povoação. Ele contou-me algumas lendas sobre a igreja do outro lado da praça – e que eu mal conseguia distinguir, por causa da névoa.

– Estás distraída – disse ele, a certa altura.

Sim, a minha mente voava. Gostaria de estar ali com alguém que me deixasse o coração em paz, com alguém com quem pudesse viver aquele momento sem medo de o perder no dia seguinte. Então o tempo passaria mais devagar, poderíamos ficar em silêncio – já que teríamos o resto da vida para conversar. Eu não precisaria de me estar a preocupar com assuntos sérios, decisões difíceis, palavras duras.

Estamos em silêncio – e isso é um sinal. Pela primeira vez estamos em silêncio, embora só o tenha percebido agora, quando ele se levantou para ir buscar mais uma garrafa de vinho.

Estamos em silêncio. Oiço o ruído dos seus passos voltando até ao poço onde estamos juntos há mais de uma hora, a beber e a olhar a névoa.

Pela primeira vez estamos em silêncio de verdade. Não é o silêncio constrangedor do carro, quando viajámos de Madrid para Bilbau. Não é o silêncio do meu coração com medo, quando o ouvia dentro da capela perto de San Martín de Unx.

É um silêncio que fala. Um silêncio que me diz que não precisamos de explicar coisas um ao outro.

Os seus passos pararam. Ele está a olhar para mim – e deve ser lindo aquilo que ele está a ver: uma mulher sentada à beira de um poço, numa noite de névoa, à luz de um lampião.

As casas medievais, a igreja do século XI e o silêncio.

A segunda garrafa de vinho já está quase a metade, quando resolvo falar.

– Hoje de manhã, quase que me convencia de que sou alcoólica. Bebo o dia inteiro. Nestes três dias bebi mais do que em todo o ano passado.

Ele passa a mão na minha cabeça, sem dizer nada. Eu sinto o seu toque, e nada faço para afastá-lo.

– Conta-me um pouco da tua vida – peço-lhe.

– Não tem grandes mistérios. Existe o meu caminho e eu faço o possível por percorrê-lo com dignidade.

– Qual é o teu caminho?

– O caminho de quem procura o amor.

Ele fica, por um momento, a brincar com a garrafa quase vazia.

– E o amor é um caminho complicado – conclui.

– Porque nesse caminho, ou as coisas nos levam ao céu, ou nos lançam no inferno – digo, sem ter a certeza de que ele se está a referir a mim.

Ele não diz nada. Talvez ainda esteja mergulhado no oceano do silêncio, mas o vinho soltou outra vez a minha língua, e sinto a necessidade de falar.

– Tu disseste que algo nesta cidade mudou o teu rumo.

– Acho que mudou. Não tenho ainda a certeza – por isso quis trazer-te até aqui.

– E um teste?

– Não. É uma entrega. Para que ela me ajude a tomar a melhor decisão.

– Quem?

– A Virgem.

A Virgem. Eu devia ter deduzido. Fico impressionada ao ver como tantos anos de viagens, de descobertas, de novos horizontes, não o tenham conseguido libertar do catolicismo da infância. Pelo menos nisso, eu e os nossos amigos, tínhamos evoluído muito – já não vivíamos mais sob o peso da culpa e dos pecados.

– É impressionante que, depois de tudo o que tu passaste, ainda mantenhas a mesma fé.

– Não mantive. Perdi e recuperei.

– Mas em Virgens? Em coisas impossíveis e fantasiosas? Não tiveste uma vida sexual activa?

– Normal. Apaixonei-me por muitas mulheres.

Sinto uma ponta de ciúmes e fico surpreendida com a minha reacção. Mas a luta interior parece ter acalmado e não quero voltar a despertá-la.

– Por que é que ela é «A Virgem»? Por que é que não nos mostram Nossa Senhora como uma mulher normal, igual a todas?

Ele acaba com o pouco que resta da garrafa. Pergunta-me se quero que vá buscar mais, e eu digo que não.

– Quero é que tu me respondas. Sempre que começamos a falar de certos assuntos, tu começas a falar de outras coisas.

– Ela foi normal. Teve outros filhos. A *Bíblia* diz-nos que Jesus teve mais dois irmãos.

»A virgindade na concepção de Jesus deve-se a um outro facto: Maria inicia uma nova era de graça. Ali começa outra etapa. Ela é a noiva cósmica, a Terra – que se abre para o céu e se deixa fertilizar.

»Nesse momento, graças à sua coragem de aceitar o seu próprio destino, ela permite que Deus venha à Terra. E transforma-se na Grande Mãe.

Eu não estou a conseguir seguir as palavras dele. E ele apercebe-se disso.

– Ela é o rosto feminino de Deus. Ela tem a sua própria divindade.

As suas palavras saem tensas, quase forçadas, como se estivesse a cometer um pecado.

– Uma Deusa? – pergunto.

Espero um pouco, para que ele me explique melhor, mas ele não segue adiante com a conversa. Há poucos minutos atrás, eu pensava com ironia no seu catolicismo. Agora, as palavras dele pareciam-me uma blasfémia.

– Quem é a Virgem? O que é a Deusa? – sou eu quem puxa pelo assunto outra vez.

– E difícil explicar – disse ele, cada vez mais desconfortável. – Tenho algumas coisas escritas comigo. Se quiseres, podes ler.

– Não vou ler nada agora, quero só que tu me expliques – insisto.

Ele procura a garrafa de vinho, mas ela está vazia. Já nem nos lembramos do que nos levou até ao poço. Algo de importante está presente – como se as palavras dele tivessem produzido um milagre.

– Continua a falar – volto a insistir.

– O seu símbolo é a água, a névoa à sua volta. A Deusa usa a água para se manifestar.

A bruma parece ganhar vida e transformar-se em algo sagrado – embora eu continue sem saber bem o que ele está a dizer.

– Não te quero falar de história. Se quiseres saber mais a esse respeito, podes ler no texto que trouxe comigo. Mas fica sabendo que esta mulher – a Deusa, a Virgem Maria, a Shechinah judaica, a Grande Mãe, Ísis, Sofia, serva e senhora – está presente em todas as religiões da Terra. Foi esquecida, foi proibida, foi disfarçada, mas o seu culto prosseguiu de milénio em milénio e chegou aos dias de hoje.

»Uma das faces de Deus é a face de uma mulher.

Olhei para o seu rosto. Os seus olhos brilhavam e estavam fixos na névoa à nossa frente. Vi que não precisava de insistir para que ele continuasse.

– Ela está presente no primeiro capítulo da *Bíblia* – quando o espírito de Deus paira sobre as águas e Ele as coloca em baixo e em cima das estrelas. É o casamento místico da Terra com o Céu.

»Ela está presente no último capítulo da *Bíblia*, quando

*O Espírito e a noiva dizem: Vem.*
*Aquele que ouve, diga: Vem.*
*Aquele que tem sede, vem,*
*e quem quiser, receba de graça a água da vida.*

– Por que é que o símbolo da face feminina de Deus é a água?
– Não sei. Mas ela geralmente escolhe esse meio para se manifestar. Talvez por ser a fonte da vida; somos gerados no meio da água, durante nove meses permanecemos nela.

»A água é o símbolo do Poder da mulher, o poder que nenhum homem – por mais iluminado ou perfeito que seja – pode almejar.

Ele pára por um momento, mas retoma logo a conversa.

– Em cada religião e em cada tradição ela manifesta-se de uma maneira ou de outra – mas manifesta-se sempre. Como sou católico, consigo vê-la quando estou diante da Virgem Maria.


Pega-me nas mãos e, em menos de cinco minutos, saímos de Saint-Savin. Passamos por uma coluna na estrada – com algo estranho em cima: uma cruz e a imagem da Virgem no lugar onde devia estar Jesus Cristo. Lembro-me das palavras dele e surpreendo-me com a coincidência.

Agora estamos completamente envoltos pela escuridão e pela bruma. Começo a imaginar-me na água, no ventre materno – onde o tempo e o pensamento não existem. Tudo o que ele diz parece fazer sentido, um sentido terrível. Lembro-me da senhora na conferência. Lembro-me da rapariga que me leva até à praça. Também ela me disse que a água era o símbolo da Deusa.

– A 20 km daqui existe uma gruta – continua. – A 11 de Fevereiro de 1858, uma menina apanhava lenha ali perto com outras duas crianças. Era uma menina frágil, asmática, cuja pobreza chegava à beira da miséria. Naquele dia, de Inverno, teve medo de atravessar um pequeno riacho; podia molhar-se, ficar doente, e os seus pais precisavam do pouco dinheiro que ganhava como pastora.

Foi então que uma mulher vestida de branco, com duas rosas douradas nos pés, apareceu. Tratou a menina como se fosse uma princesa, pediu *por favor* para que ela ali voltasse um determinado número de vezes e desapareceu. As outras duas crianças, que a tinham visto em transe, espalharam logo a história.

»A partir daí, começou um longo calvário para ela. Foi presa e exigiram que ela negasse tudo. Foi tentada com dinheiro para que pedisse favores especiais à Aparição. Nos primeiros dias, a sua família era insultada em praça pública – diziam que ela fazia tudo aquilo para chamar a atenção.

»A menina – que se chamava Bernadette – não fazia a menor ideia do que estava a ver. Chamava a tal senhora de «Aquilo» e os seus pais, aflitos, foram procurar auxílio junto do padre da aldeia. O padre sugeriu que, na próxima aparição, ela perguntasse o nome da tal mulher.

»Bernadette fez o que o padre mandara, mas a resposta foi apenas um sorriso. «Aquilo» apareceu num total de 18 vezes, a maior parte delas sem dizer nada. Numa dessas vezes, pede para que a menina beije a terra. Mesmo sem entender, Bernadette faz o que «Aquilo» manda. Um dia, pede para a menina cavar um buraco no chão da gruta. Bernadette obedece e logo aparece um pouco de água lamacenta – porque ali eram guardados porcos.

– *Bebe esta água* – diz a senhora.

»A água está tão suja que Bernadette apanha-a e deita-a fora por três vezes, sem coragem de a levar à boca. Mas acaba por obedecer, embora repugnada. No lugar onde cavou o buraco, começa a jorrar mais água. Um homem cego de um olho passa algumas gotas dessa água no rosto e recupera a visão. Uma mulher, desesperada porque o seu filho recém-nascido estava a morrer, mergulha o menino na fonte – num dia em que a temperatura tinha caído abaixo de zero. O menino ficou curado.

»Aos poucos a notícia espalha-se e milhares de pessoas começam a acorrer ao local. A menina continua a insistir em saber o nome da senhora, mas ela apenas sorri.

»Até que, um belo dia, «Aquilo» vira-se para Bernadette e diz:

– *Eu sou a Imaculada Conceição.*

Satisfeita, a menina corre a contar ao pároco.

– Não pode ser – diz ele. – Ninguém pode ser a árvore e o fruto ao mesmo tempo, minha filha. Vá lá e deite-lhe água benta.

»Para o padre, apenas Deus pode existir desde o princípio – e Deus, ao que tudo indica, é homem.

Ele faz uma longa pausa.

– Bernadette deita a água benta n'«Aquilo». A Aparição sorri com ternura, e nada mais.

»No dia 16 de Julho, a mulher aparece pela última vez. Pouco depois, Bernadette entra para um convento, sem saber que tinha mudado por completo o destino daquela pequena aldeia, ao lado da gruta. A fonte continua a jorrar e os milagres sucedem-se.

»A história corre primeiro por França e depois pelo mundo inteiro. A cidade cresce e transforma-se. Os comerciantes chegam e começam a ocupar o local. Abrem-se hotéis. Bernadette morre e é enterrada longe dali, sem saber o que está a acontecer.

»Algumas pessoas, para colocar a Igreja em dificuldades – já que nesta altura o Vaticano admite as aparições – começam a inventar milagres falsos que depois são desmascarados. A Igreja reage com rigor: a partir de determinada data, só aceita como milagres os fenómenos que são submetidos a uma série de rigorosos exames feitos por juntas médicas e científicas.

»Mas a água continua a jorrar e as curas multiplicam-se.


Parece que oiço alguma coisa perto de nós. Sinto medo, mas ele não se mexe. A névoa agora tem vida e tem história. Fico a pensar em tudo o que ele está a dizer e na pergunta cuja resposta não percebi: como é que sabes tudo isto?

Fico a pensar na face feminina de Deus. O homem a meu lado tem a alma cheia de conflitos. Ainda há uns tempos escreveu-me a dizer que queria entrar para um seminário católico; mas acha que Deus tem uma face feminina.

Ele fica quieto. Eu continuo a sentir-me no ventre da Mãe Terra, sem tempo e sem espaço. A história de Bernadette parece desenrolar-se diante dos meus olhos, na bruma que nos envolve.

Então ele volta a falar:

– Bernadette não sabia de duas coisas importantíssimas – diz. – A primeira era que, antes de a religião cristã chegar aqui, estas montanhas eram habitadas pelos celtas – e a Deusa era a principal devoção dessa cultura. Gerações e gerações entendiam a face feminina de Deus e compartilhavam do Seu amor e da Sua glória.

– E a segunda?

– A segunda era que, pouco antes de Bernadette ter as suas visões, as altas autoridades do Vaticano reuniram-se secretamente.

»Quase ninguém sabia o que se passava naquelas reuniões – e, de certeza, que o padre da aldeia de Lourdes não fazia igualmente a menor ideia. A alta cúpula da Igreja Católica estava a decidir se devia ou não declarar o dogma da Imaculada Conceição.

»O dogma acabou por ser declarado, através da bula papal *Ineffabilis Deus*. Mas sem esclarecer exactamente, para o grande público, o que isso significava.»

– E o que é que tu tens a ver com isso tudo? – pergunto.

– Eu sou Seu discípulo. Eu tenho aprendido com Ela – diz, sem saber que também está a dizer a fonte de tudo o que sabe.

– Tu vê-La?

– Sim.

Voltamos para a praça e percorremos os poucos metros que nos separavam da igreja. Vejo o poço, a luz do lampião e a garrafa com os dois copos na borda. «Ali devem ter estado dois namorados», penso. «Em silêncio, enquanto os corações falavam entre si. E depois dos corações terem dito tudo, começaram a compartilhar os grandes mistérios.»

Mais uma vez, nenhuma conversa sobre o amor aconteceu. Não importa. Sinto que estou perante algo de muito sério e tenho que aproveitar para compreender tudo o que puder. Por momentos, lembro-me dos estudos, de Saragoça, do homem da minha vida que pretendo encontrar – mas isso agora parece-me distante, envolvido na mesma bruma que se espalha por Saint-Savin.

– Por que é que me contaste toda esta história da Bernadette? – pergunto.

– Não sei o motivo exacto – responde ele, sem me olhar nos olhos. – Talvez porque estamos perto de Lourdes. Talvez porque depois de amanhã seja o dia da Imaculada Conceição. Talvez porque eu queira mostrar-te que o meu mundo não é tão solitário e louco como pode parecer.

»Outras pessoas fazem parte dele. E acreditam no que dizem.»

– Nunca disse que o teu mundo é louco. Talvez louco seja o meu: gasto o tempo mais importante da minha vida atrás de cadernos e estudos, que não me vão fazer sair de um lugar que eu já conheço.

Senti que ele estava mais aliviado: eu compreendia-o. Esperei que ele continuasse a falar da Deusa, mas virou-se para mim e disse:

– Vamos dormir. Bebemos muito.

*TERÇA-FEIRA, 7 DE DEZEMBRO DE 1993*

Ele adormeceu logo. Eu fiquei um longo tempo acordada, a pensar na neblina, na praça lá fora, no vinho e na conversa. Li o manuscrito que ele me emprestou e senti-me feliz; Deus – se realmente existisse – era Pai e Mãe.

Depois, apaguei a luz e fiquei a pensar no silêncio junto ao poço. Foi durante aqueles momentos em que não conversámos, que me apercebi do quanto estava próxima dele.

Nenhum de nós tinha dito nada. É desnecessário conversar sobre o amor, porque o amor tem a sua própria voz e fala por si só. Naquela noite, à beira do poço, o silêncio permitiu que os nossos corações se aproximassem e se conhecessem melhor. Então, o meu coração ouviu o que o coração dele dizia e sentiu-se feliz.

Antes de fechar os olhos, resolvi fazer o que ele chamava «exercício do Outro».

«Estou aqui neste quarto», pensei. «Longe de tudo aquilo a que estou acostumada, tenho conversas sobre coisas às quais nunca dei muito interesse, e durmo numa cidade onde jamais pus os pés. Posso fingir – por alguns minutos – que sou diferente.»

Comecei a imaginar de que maneira gostaria de estar a viver naquele momento. Eu gostaria de estar alegre, curiosa, feliz. A viver intensamente cada instante, a beber com sede da água da vida. Confiar novamente nos sonhos. Capaz de lutar pelo que queria.

Amar um homem que me amava.

Sim, esta era a mulher que eu gostaria de ser – e que de repente aparecia, e transformava-se em mim.

Senti que a minha alma se inundava com a luz de um Deus – ou uma Deusa – no qual não acreditava mais. E senti que, naquele momento, a Outra deixava o meu corpo e sentava-se num dos cantos do pequeno quarto.

Eu olhava para a mulher que tinha sido até então: fraca, tentando dar a impressão de ser forte. Com medo de tudo, mas dizendo a si própria que não era medo – era a sabedoria de quem conhece a realidade. Construindo paredes nas janelas por onde penetrava a alegria do sol – para que os seus móveis velhos não ficassem desbotados.

Vi a Outra sentada no canto do quarto – frágil, cansada, desiludida. Controlando e escravizando aquilo que devia estar sempre em liberdade: os seus sentimentos. Tentando julgar o amor futuro pelo sofrimento passado.

O amor é sempre novo. Não importa que amemos uma, duas, dez vezes na vida – estamos sempre diante de uma situação que não conhecemos. O amor pode levar-nos ao inferno ou ao paraíso, mas leva-nos sempre a algum lugar. É preciso aceitá-lo, porque ele é o alimento da nossa existência. Se nos recusamos, morremos de fome, enquanto vemos os ramos carregados da árvore da vida, sem coragem para estender a mão e colher os frutos. É preciso procurar o amor onde ele estiver, mesmo que isso signifique horas, dias, semanas de decepção e tristeza.

Porque no preciso momento em que partirmos em busca do amor, também ele parte ao nosso encontro.

E salva-nos.

Quando a Outra se afastou de mim, o meu coração voltou a falar comigo. Contou-me que a brecha na parede do dique deixava passar uma correnteza, os ventos sopravam em todas as direcções, e ele estava feliz, porque eu ouvia-o novamente.

O meu coração dizia-me que eu estava apaixonada. E eu adormeci contente, com um sorriso nos lábios.

Quando acordei, a janela estava aberta, e ele olhava para as montanhas lá fora. Fiquei alguns minutos sem dizer nada, pronta para fechar os olhos – caso ele se virasse.

Como se percebesse o que eu pensava, ele voltou-se e olhou-me nos olhos.

– Bom dia – disse.

– Bom dia. Fecha a janela, está muito frio.

A Outra aparecera sem aviso prévio. Ainda tentava mudar a direcção do vento, descobrir defeitos, dizer que não, que não era possível. Mas sabia que era tarde.

– Preciso de vestir-me – disse eu.

– Eu espero-te lá em baixo – respondeu ele.


E então eu levantei-me, afastei a Outra do meu pensamento, abri de novo a janela e deixei o sol entrar. O sol que inundava tudo – as montanhas cobertas de neve, o chão coberto de folhas secas, o rio que eu não via, mas que ouvia.

O sol bateu nos meus seios, iluminou o meu corpo nu, e eu não sentia o frio, porque um outro calor me consumia – o calor de uma fagulha que se transforma em chama, a chama que se transforma em fogueira, a fogueira que se transforma no incêndio impossível de controlar. Eu sabia.

E queria.

Eu sabia que a partir daquele momento iria conhecer os céus e os infernos, a alegria e a dor, o sonho e o desespero, e que não podia mais conter os ventos que sopravam dos cantos escondidos da alma. Eu sabia que a partir daquela manhã o amor ia guiar-me – embora ele já estivesse presente desde a minha infância, desde que o vi pela primeira vez. Porque nunca o esqueci – embora me tivesse julgado indigna de lutar por ele. Era um amor difícil, com fronteiras que eu não queria cruzar.

Lembrei-me da praça em Soria, do momento em que lhe pedi para procurar a medalha que eu tinha perdido. Eu sabia – sim, eu sabia o que ele me ia dizer, e não queria ouvir, porque ele era como certos rapazes, que um belo dia vão embora em busca de dinheiro, aventuras ou sonhos. Eu precisava de um amor possível, o meu coração e o meu corpo estavam ainda virgens e um príncipe encantado viria encontrar-me.

Naquela época, pouco percebia de amor. Quando o vi na conferência, e aceitei o seu convite, julguei que a mulher madura era capaz de controlar o coração da menina que tanto lutou para encontrar o seu príncipe encantado. E, então, ele falou das crianças sempre presentes – e eu voltei a ouvir a voz da menina que fui, da princesa que tinha medo de amar e de perder.

Durante quatro dias tentei ignorar a voz do meu coração, mas ela foi ficando cada vez mais forte, deixando a Outra desesperada. No canto mais escondido da minha alma, eu ainda existia, e acreditava em Sonhos. Antes que a Outra dissesse alguma coisa, aceitei a boleia, aceitei a viagem, resolvi correr riscos.

E foi por causa disso – do pouco de mim que sobrava – que o amor voltou a encontrar-me, depois de me ter procurado nos quatro cantos do mundo. O amor tornou a encontrar-me, embora a Outra tivesse montado uma barreira de preconceitos, certezas e livros de estudo, numa rua traquila de Saragoça.


Abri a janela e o coração. O sol inundou o quarto e o amor inundou a minha alma.


80

Andámos horas seguidas em jejum, caminhámos pela neve e pela estrada, tomámos o pequeno-almoço numa cidadezinha da qual nunca saberei o nome – mas que tem uma fonte, na qual existe uma escultura onde uma serpente e uma pomba se fundem num único animal.

Ele sorriu ao ver tal coisa:

– É um sinal. Masculino e feminino unidos num só.

– Nunca tinha pensado no que tu me disseste ontem – comentei. – E, no entanto, é lógico.

– «Homem e mulher Deus o criou» – disse ele, repetindo uma frase do *Génesis*. – Porque esta era a sua imagem e semelhança: homem e mulher.

Vi que os olhos dele tinham outro brilho. Estava feliz e ria de qualquer parvoíce. Metia conversa com as poucas pessoas que encontrava no caminho – lavradores de roupa cinzenta que seguiam para o trabalho, montanhistas de roupas coloridas que se preparavam para escalar alguma montanha.

Eu ficava calada, porque o meu francês era péssimo; mas a minha alma alegrava-se ao vê-lo assim.

A sua felicidade era tanta que todos sorriam quando conversavam com ele. Talvez o seu coração lhe tivesse dito algo e agora sabia que o amava – embora ainda me comportasse como uma velha amiga de infância.

– Tu pareces mais contente – disse eu a certa altura.

– Porque sempre sonhei estar aqui contigo, a andar por estas montanhas e a colher os frutos dourados do sol.

«*Os frutos dourados do sol.*» Um verso que alguém escrevera há muito tempo e que agora ele repetia – no momento certo.

– Existe outro motivo para a tua alegria – comentei eu, enquanto voltávamos daquela cidadezinha com a fonte esquisita.

– Qual?

– Tu sabes que eu estou contente. Tu és o responsável por eu estar aqui hoje, a subir montanhas de verdade, longe das montanhas de cadernos e livros. Tu estás a fazer-me feliz. E a felicidade é algo que se multiplica quando se divide.

– Tu fizeste o exercício do Outro?

– Sim. Como é que sabes?

– Porque também tu mudaste. E porque aprendemos esse exercício sempre na hora certa.

A Outra seguiu-me durante toda aquela manhã. Tentava aproximar-se outra vez. A cada minuto, porém, a sua voz ficava mais baixa e a sua imagem começava a dissolver-se. Eu lembrava-me do fim dos filmes de vampiros, quando o monstro se transforma em pó.

Passámos por outra coluna com a imagem da Virgem na cruz.

– Em que é que estás a pensar? – perguntou.

– Em vampiros. Nos seres da noite, trancados em si mesmos, desesperadamente à procura de companhia. Mas incapazes de amar.

»Por isso é que a lenda diz que apenas uma estaca no coração é capaz de matá-los; quando isso acontece, o coração desperta, liberta a energia do amor e destrói o mal.

– Nunca tinha pensado nisso antes. Mas é lógico.


Eu conseguira cravar essa estaca. O coração, liberto das maldições, tomava conta de tudo. A Outra já não tinha onde ficar.

Mil vezes senti vontade de segurar na mão dele e mil vezes fiquei quieta, sem fazer nada. Estava um pouco confusa – queria dizer que o amava e não sabia como começar.

Conversámos sobre as montanhas e sobre os rios. Ficámos perdidos na floresta durante quase uma hora, mas reencontrámos o trilho. Comemos sanduíches e bebemos neve derretida. Quando o sol começou a descer, resolvemos voltar para Saint-Savin.

O som dos nossos passos ecoava pelas paredes de pedra. Levei instintivamente a mão até à pia de água benta e fiz o sinal da cruz. Lembrei-me do que ele tinha dito – a água é o símbolo da Deusa.

– Vamos até ali – disse ele.

Caminhámos pela igreja vazia e escura, onde um santo – São Savin, um eremita que viveu no princípio do primeiro milénio – estava enterrado debaixo do altar principal. As paredes daquele lugar já tinham sido derrubadas e reconstruídas várias vezes.

Certos lugares são assim – podem ser arrasados por guerras, perseguições e indiferença. Mas permanecem sagrados. Então, alguém passa por ali, sente que falta algo e reconstrói-o.

Reparei numa imagem de Cristo crucificado que me dava uma sensação estranha – tinha a nítida impressão de que a sua cabeça se movia, acompanhando-me.

– Vamos parar aqui.

Estávamos diante de um altar a Nossa Senhora.

– Olha para a imagem.

Maria com o filho no colo. O menino Jesus a apontar para o alto. Comentei com ele o que vi.

– Olha com mais atenção – insistiu.

Procurei ver todos os detalhes da escultura em madeira: a pintura dourada, o pedestal, a perfeição com que o artista traçara as dobras do manto. Mas foi quando reparei no dedo do menino Jesus que percebi onde é que ele queria chegar.

Na verdade, embora Maria O tivesse nos braços, era Jesus quem A segurava. O braço da criança, levantado para o céu, parecia carregar a Virgem até às alturas. De volta à morada do Seu Noivo.

– O artista que fez isto, há mais de seiscentos anos, sabia o que queria dizer – comentou ele.

Passos soaram no chão de madeira. Uma mulher entrou e acendeu uma vela à frente do altar principal.

Ficámos quietos por algum tempo, respeitando o silêncio daquela oração.

«O amor nunca vem aos poucos», pensava enquanto o via absorto na contemplação da Virgem. No dia anterior, o mundo tinha sentido sem que ele estivesse presente. Agora, eu precisava que ele estivesse ao meu lado para poder ver o verdadeiro brilho das coisas.

Quando a mulher saiu, ele voltou a falar.

– O artista conhecia a Grande Mãe, a Deusa, a face misericordiosa de Deus. Existe uma pergunta que tu me fizeste e que até ao momento não consegui responder.

»Tu perguntaste-me: «Onde é que aprendeste tudo isso?»

Sim, eu tinha perguntado e ele já tinha respondido. Mas fiquei calada.

– Pois, aprendi como este artista – continuou. – Aceitei o amor das alturas. Deixei-me guiar.

»Deves lembrar-te daquela carta onde eu dizia que queria entrar para um mosteiro. Nunca te contei, mas o facto é que acabei por entrar.

Lembrei-me imediatamente da conversa antes da conferência. O meu coração começou a bater mais rápido e eu procurei fixar os olhos na Virgem. Ela sorria.

«Não pode ser», pensei. «Entrou, mas saiu. Por favor, diz-me que já saíste do seminário.»

– Já tinha vivido intensamente a minha juventude – continuou ele, sem ligar aos meus pensamentos. – Conhecia outros povos e outras paisagens. Já tinha procurado Deus pelos quatro cantos da Terra. Já me tinha apaixonado por outras mulheres e trabalhado para muitos homens, em diversos ofícios.

84

Outra pontada. «Preciso de ter cuidado para que a Outra não volte», disse para mim mesma, mantendo os olhos fixos no sorriso da Virgem.

– O mistério da vida fascinava-me e eu queria compreendê-lo melhor. Procurei as respostas onde me diziam que alguém sabia alguma coisa. Estive na Índia e no Egipto. Conheci mestres de magia e de meditação. Convivi com alquimistas e sacerdotes.

»E descobri o que precisava de descobrir: que a Verdade está sempre onde existe a Fé.

A Verdade está sempre onde existe a Fé. Olhei de novo para a igreja à minha volta – as pedras gastas, tantas vezes derrubadas e recolocadas no lugar. O que faria o homem insistir tanto, trabalhar tanto para reconstruir aquele pequeno templo – num lugar remoto, encravado em montanhas tão altas?

– Os budistas estavam com a razão, os hindus estavam com a razão, os muçulmanos estavam com a razão, os judeus estavam com a razão. Sempre que o homem seguisse – com sinceridade – o caminho da fé, ele seria capaz de unir-se a Deus e realizar milagres.

»Mas, não adiantava apenas saber isto: era preciso fazer uma escolha. Escolhi a Igreja Católica porque fui criado nela e a minha infância estava impregnada dos seus mistérios. Se tivesse nascido judeu, teria escolhido o judaísmo. Deus é o mesmo, embora tenha mil nomes; mas tu precisas de escolher um nome para O chamar.»

Outra vez os passos na igreja.


Um homem aproximou-se e ficou a olhar para nós. Depois, foi até ao altar central e retirou os dois candelabros. Devia ser alguém encarregado de guardar a igreja.

Lembrei-me do guarda da outra capela – o que não nos queria deixar entrar. Mas, desta vez, o homem não nos disse nada.

– Hoje à noite tenho um encontro – disse ele, assim que o homem saiu.

– Por favor, continua com o que estavas a contar. Não mudes de assunto.

– Entrei para um seminário aqui perto. Durante quatro anos estudei tudo o que podia. Nesse período, tomei contacto com os Esclarecidos, os Carismáticos, as diversas correntes que procuram abrir portas fechadas há muito tempo. Descobri que Deus já não era o carrasco que me assustava na infância. Havia um movimento de retorno à inocência original do Cristianismo.

– Ou seja, depois de 2000 anos, perceberam que era preciso deixar Jesus fazer parte da Igreja – disse eu, com uma certa ironia.

– Tu podes brincar, mas é isso mesmo. Comecei a aprender com um dos superiores do mosteiro. Ele ensinava-me que era necessário aceitar o fogo da revelação, o Espírito Santo.

O meu coração apertava à medida que ia ouvindo as palavras dele. A Virgem continuava a sorrir e o menino Jesus tinha uma expressão alegre. Também eu já tinha acreditado nisso um dia – mas o tempo, a idade e a sensação de que era uma pessoa mais lógica e mais prática, acabaram por me afastar da religião. Pensei em como gostaria de recuperar aquela fé infantil, que me acompanhou durante tantos anos, e me fez crer em anjos e milagres. Mas era impossível trazê-la de volta apenas com um acto de vontade.

– O superior dizia-me que, se eu acreditasse que sabia, acabava por saber – continuou. – Comecei a conversar sozinho, quando estava na minha cela. Rezei para que o Espírito Santo se manifestasse e me ensinasse tudo o que eu precisava de saber. Aos poucos fui percebendo que à medida que ia falando sozinho uma voz sábia ia dizendo coisas por mim.

– Também acontece comigo – disse eu, interrompendo-o.

Ele esperou que eu continuasse. Mas eu não conseguia dizer mais nada.

– Estou a ouvir – disse ele.

Algo tinha travado a minha língua. Ele dizia coisas belas e eu não podia expressar-me com palavras iguais.

– A Outra está a querer voltar – disse ele, como se adivinhasse os meus pensamentos. – A Outra tem medo de dizer asneiras.

– Sim – respondi, fazendo os possíveis para vencer o meu medo.

– Muitas vezes, quando converso com alguém e me entusiasmo com certo assunto, acabo por dizer coisas que nunca pensei antes. Parece que canalizo uma inteligência que não é minha e que sabe da vida muito mais do que eu.

»Mas isso é raro. Geralmente, em qualquer conversa, prefiro ouvir. Creio que estou a aprender algo de novo, embora acabe sempre por esquecer tudo.

– Nós somos a nossa grande surpresa – disse ele. – A fé do tamanho de um grão de mostarda far-nos-ia mover essas montanhas aí. Foi isto que eu aprendi. E hoje surpreendo-me, quando escuto com respeito as minhas próprias palavras.

»Os apóstolos eram pescadores, analfabetos, ignorantes. Mas aceitaram a chama que descia do céu. Não tiveram vergonha da própria ignorância: tiveram fé no Espírito Santo.

»Este dom é de quem quiser aceitá-lo. Basta apenas acreditar, aceitar, e não ter medo de cometer alguns erros.


A Virgem sorria à minha frente. Ela teve todos os motivos para chorar – e, no entanto, sorria.

– Continua o que estavas a dizer – disse eu.

– É isto – respondeu ele. – Aceitar o dom. Então, o dom manifesta-se.

– A coisa não funciona assim.

– Não me entendes?

– Entendo. Mas sou como todas as outras pessoas: tenho medo. Acho que isso funciona para ti, para o vizinho do lado, mas nunca para mim.

– Um dia isso mudará. Quando tu entenderes que somos como essa criança que está aí à nossa frente, a olhar para nós.

– Mas até lá, todos nós vamos achar que chegámos perto da luz e não conseguimos acender a nossa própria chama.

Ele não respondeu.

– Tu não terminaste a história do seminário – disse eu, após algum tempo.

– Eu continuo no seminário.

E antes que eu pudesse reagir, levantou-se e dirigiu-se para o centro da igreja.


Eu não me mexi. A minha cabeça dava voltas e voltas, sem perceber o que estava a acontecer. No seminário!

Era melhor não pensar. A represa tinha-se rompido, o amor inundava a minha alma, e eu não podia mais controlá-lo. Ainda havia uma saída, a Outra – a que era dura porque era fraca, que era fria porque tinha medo – mas eu já não a queria. Já não podia ver a vida através dos seus olhos.

Um som interrompeu o meu pensamento – um som agudo, longo, como se fosse uma flauta gigantesca. O meu coração deu um salto.

Veio outro som. E mais outro. Olhei para trás: havia uma escada de madeira que dava para uma plataforma desajeitada, que não combinava com a harmonia e a beleza gelada da pedra. Em cima da plataforma, encontrava-se um órgão antigo.

E ele estava lá. Não via o seu rosto, porque o lugar era escuro – mas sabia que ele estava lá.

Levantei-me, e ele interrompeu-me:

– Pilar! – disse, com a voz cheia de emoção. – Fica onde estás.

Eu obedeci.

– Que a Grande Mãe me inspire – continuou. – Que a música seja a minha oração deste dia.


E começou a tocar a *Ave Maria*. Deviam ser seis horas da tarde, a hora do *Angelus,* a hora em que a luz e as trevas se misturam. O som do órgão ecoava pela igreja vazia, misturava-se com as pedras e as imagens cheias de histórias e de fé. Fechei os olhos, e deixei que a música também se misturasse comigo, lavasse a minha alma dos medos e das culpas, me fizesse recordar sempre que eu era melhor do que pensava, mais forte do que julgava ser.

Senti uma imensa vontade de rezar e era a primeira vez que isso acontecia – desde que me tinha afastado do caminho da fé. Embora sentada no banco, a minha alma estava ajoelhada aos pés daquela Senhora à minha frente, a mulher que disse

*«sim»*

quando podia ter dito *não*, e o anjo buscaria outra, e nenhum pecado haveria aos olhos do Senhor, porque Deus conhece a fundo a fraqueza dos seus filhos. Mas ela disse

*«seja feita a vossa vontade»*

mesmo quando sentiu que recebia, junto com as palavras do anjo, toda a dor e sofrimento do seu destino e os olhos do seu coração puderam ver o filho amado a sair de casa, as pessoas que o seguiam e depois o negavam, mas

*«seja feita a vossa vontade»*

mesmo quando, no momento mais sagrado da vida de uma mulher, teve que se misturar com os animais de um estábulo para dar à luz, porque assim queriam as Escrituras,

*«seja feita a vossa vontade»*

mesmo quando, aflita, procurava o seu menino pelas ruas, o encontrou no templo e ele pediu que não o atrapalhasse, porque precisava cumprir outros deveres e outras tarefas,

*«seja feita a vossa vontade»*

mesmo sabendo que continuaria a procurá-lo pelo resto dos seus dias, com o coração trespassado pelo punhal da dor, temendo a cada minuto pela sua vida, sabendo que ele estava a ser perseguido e ameaçado,

*«seja feita a vossa vontade»*

mesmo que, ao encontrá-lo no meio da multidão, não tenha conseguido chegar perto,

*«seja feita a vossa vontade»*

mesmo que, quando pediu a alguém para avisá-lo que ela estava ali, o filho tenha mandado dizer que «a minha mãe e os meus irmãos são estes que estão comigo»,

*«seja feita a vossa vontade»*

mesmo que todos tenham fugido no fim, e só ela, outra mulher, e um deles tenha ficado aos pés da cruz, a aguentar o riso dos inimigos e a cobardia dos amigos,

*«seja feita a vossa vontade»*

Seja feita a vossa vontade, Senhor. Porque Tu conheces a fraqueza do coração dos Teus filhos e só entregas a cada um o fardo que ele pode carregar. Que Tu entendas o meu amor – porque ele é a única coisa que tenho de realmente meu, a única coisa que poderei carregar para a outra vida. Faz com que ele se conserve corajoso e puro, capaz de continuar vivo, apesar dos abismos e das armadilhas do mundo.

O órgão ficou em silêncio e o sol escondeu-se atrás das montanhas – como se ambos fossem regidos pela mesma Mão. A sua prece fora ouvida, a música tinha sido a sua oração. Eu abri os olhos e a igreja estava completamente escura – excepto pela vela solitária, que iluminava a imagem da Virgem.

Escutei de novo os seus passos, enquanto voltava até onde eu estava. A luz daquela única vela iluminou as minhas lágrimas e o meu sorriso – que, embora não fosse tão belo como o sorriso da Virgem, mostrava que o meu coração estava vivo, que ainda era capaz de amar.

Ele ficou a olhar para mim e eu olhava-o também. A minha mão procurou a mão dele e encontrou-a. Senti que, agora, era o coração dele que batia mais rápido – eu quase o podia ouvir, porque estávamos novamente em silêncio.

A minha alma, porém, estava tranquila e o meu coração em paz.

Segurei a mão dele e ele abraçou-me. Ficámos ali, aos pés da Virgem, durante algum tempo, que não sei precisar, pois o tempo tinha parado.

Ela olhava-nos. A jovem camponesa que tinha dito «sim» ao seu destino. A mulher que aceitou levar no ventre o filho de Deus e no coração o amor da Deusa. Ela era capaz de compreender.

Porque ela tinha amado para além da própria compreensão.

Eu não queria perguntar nada. Bastavam os momentos passados na igreja, naquela tarde, para justificar toda aquela viagem. Bastavam os quatro dias com ele, para justificar todo aquele ano onde nada de especial tinha acontecido.

Por isso, eu não queria perguntar nada. Saímos da igreja de mãos dadas e voltámos para o quarto. A minha cabeça andava às voltas – o seminário, a Grande Mãe, o encontro que ele ia ter nessa noite.

E então dei-me conta de que, tanto eu como ele, queríamos prender as nossas almas no mesmo destino.

Mas existia um seminário em França, existia Saragoça. O meu coração apertou-se. Olhei para as casas medievais, o poço da noite anterior. Lembrei-me do silêncio e do ar triste da Outra mulher que eu fora um dia.

«Deus, tento recuperar a minha fé. Não me abandones no meio de uma história como esta», pedi, afastando o medo.

Ele dormiu um pouco, e eu fiquei outra vez acordada, a olhar para o recorte escuro da janela. Acordámos, jantámos com a família que nunca conversava à mesa e ele pediu a chave da casa.

– Hoje vamos voltar tarde – disse ele para a mulher.

– Os jovens precisam de divertir-se – respondeu ela. – E aproveitar os feriados da melhor maneira possível.

– Tenho que te perguntar uma coisa – disse eu, assim que entrámos no carro. – Tento evitar, mas não consigo.

– O seminário – disse ele.

– É isso. Não compreendo.

«Embora não tenha mais importância compreender nada», pensei.

– Eu sempre te amei – começou ele. – Tive outras mulheres, mas sempre te amei. Carreguei a medalha comigo, pensando sempre que um dia ta entregaria, com a coragem de dizer «amo-te».

»Todos os caminhos do mundo me levavam de volta a ti. Escrevia as cartas e abria-as com medo de cada resposta – porque, numa delas, tu podias dizer-me que tinhas encontrado alguém.

»Foi quando senti o chamamento para a vida espiritual. Ou melhor, aceitei o chamamento, porque – assim como tu – já estava presente desde a minha infância. Descobri que Deus era demasiado importante na minha vida e que não seria feliz se não seguisse a minha vocação. A face de Cristo estava em cada um dos pobres que encontrei pelo mundo e eu não podia deixar de vê-la.


Ele calou-se e eu resolvi não insistir.

Vinte minutos depois ele parou o carro e descemos.

– Estamos em Lourdes – disse. – Devias ver isto no Verão.

Tudo o que via eram ruas desertas, lojas fechadas, hotéis com grades de aço nas portas principais.

– Seis milhões de pessoas vêm aqui no Verão – continuou, entusiasmado.

– A mim, parece-me uma cidade-fantasma.

Atravessámos uma ponte. Diante de nós, um imenso portão de ferro – ladeado por anjos – estava aberto num dos lados. E nós entrámos.

– Continua com o que estavas a dizer – pedi, mesmo tendo decidido pouco antes que não insistiria. – Fala-me da face de Cristo nas pessoas.

Percebi que ele não queria prosseguir com a conversa. Talvez não fosse o lugar nem o momento. Mas agora que tinha começado, tinha de acabar.


Começámos a andar por uma imensa avenida, ladeada por campos cobertos de neve. Ao fundo, eu apercebia-me da silhueta de uma imensa catedral.

– Continua – repeti.

– Tu já sabes. Entrei para o seminário. Durante o primeiro ano, pedi a Deus que me ajudasse a transformar o meu amor por ti num amor por todos os homens. No segundo ano, senti que Deus me ouvia. No terceiro ano, embora as saudades ainda fossem muito grandes, eu já tinha a certeza de que este amor se estava a transformar em caridade, oração e ajuda aos necessitados.

– Então, por que é que voltaste a procurar-me? Por que acendeste novamente em mim este fogo? Por que me contaste o exercício da Outra e me fizeste ver como eu era mesquinha com a vida?

As minhas palavras saíam confusas, trémulas. A cada minuto que passava, eu via-o mais perto do seminário e mais longe de mim.

– Por que voltaste? Por que é que só me contas essa história hoje, precisamente quando começo a amar-te?

Ele demorou a responder.

– Vais achar uma tolice – disse.

– Não vou achar tolice nenhuma. Não tenho mais medo de parecer ridícula. Tu ensinaste-me isso.

– Há dois meses atrás, o meu superior pediu-me para acompanhá-lo até à casa de uma mulher que tinha morrido e deixado todos os seus bens ao nosso seminário. Ela morava em Saint-Savin, e o meu superior tinha que fazer um inventário das suas coisas.

A catedral, ao fundo da avenida por onde caminhávamos, aproximava-se a cada instante. A minha intuição dizia-me que, assim que chegássemos ali, qualquer conversa seria interrompida.

– Não pares – disse eu. – Mereço uma explicação.

– Lembro-me do momento em que entrei naquela casa. As janelas davam para as montanhas dos Pirenéus e a claridade do sol, aumentada pelo brilho da neve, espalhava-se por todo o ambiente. Comecei a fazer uma lista das coisas, mas ao fim de poucos minutos parei.

»Tinha descoberto que o gosto daquela mulher era exactamente igual ao meu. Ela possuía discos que eu teria comprado, com as músicas que eu também gostaria de ouvir a olhar para a paisagem lá fora. As estantes tinham muitos livros – alguns dos quais eu já tinha lido, outros que certamente gostaria de ler. Reparei nos móveis, nos quadros, nos pequenos objectos espalhados; era como se eu os tivesse escolhido.

»A partir daquele dia não consegui deixar de pensar naquela casa. Cada vez que entrava na capela para orar, lembrava-me de que a minha renúncia não tinha sido completa. Eu imaginava-me ali, contigo, a morarmos numa casa como aquela, a ouvir aqueles discos, a olhar o fogo na lareira e a neve nas montanhas. Eu imaginava os nossos filhos a correrem pela casa e a brincarem nos campos de Saint-Savin.

Embora eu nunca tivesse posto os pés naquela casa, sabia exactamente como ela era. E desejei que ele não dissesse mais nada para poder sonhar.

Mas ele continuou:

– Há duas semanas atrás, não consegui aguentar a tristeza da minha alma. Procurei o meu superior e contei-lhe tudo o que se passava comigo. Contei a história do meu amor por ti e do que tinha sentido quando fui fazer o inventário.

Uma chuva miudinha começou a cair. Eu baixei a cabeça e fechei ainda mais o casaco. Tinha medo de ouvir o resto.

– Então, o meu superior disse-me: «Há muitas maneiras de servir o Senhor. Se acha que esse é o seu destino, vá à procura dele. Só quem é feliz pode espalhar a felicidade.»

– Não sei se esse é o meu destino – respondi-lhe. – Encontrei a paz no meu coração quando resolvi entrar para este mosteiro.

– Então, vá até lá, e tire toda e qualquer dúvida – disse ele. – Permaneça no mundo ou volte para o seminário. Mas tem que estar por inteiro no lugar que escolher. Um reino dividido não resiste às investidas do Adversário. Um ser humano dividido não consegue enfrentar a vida com dignidade.

Ele enfiou a mão no bolso e deu-me algo. Era uma chave.

– O meu superior emprestou-me a chave da casa. Disse que podia esperar um pouco, antes de vender os objectos. Sei que ele queria que eu lá voltasse contigo.

»Foi ele que organizou a palestra em Madrid – para que nos tornássemos a encontrar.

Eu olhei para a chave na mão dele. E apenas sorri. Dentro do meu peito, entretanto, era como se sinos tocassem e o céu se abrisse. Ele serviria Deus de uma outra maneira – a meu lado. Porque eu iria lutar por isso.

– Pega nesta chave – disse ele.

Estendi a mão, e guardei-a no bolso.

A basílica já estava diante de nós. Antes que eu pudesse dizer qualquer coisa, alguém o viu e veio cumprimentá-lo. A chuva caía insistentemente, e eu não sabia quanto tempo íamos ficar por ali; lembrava-me, a cada instante, de que tinha apenas uma muda de roupa, e não podia ficar molhada.

Tentei concentrar-me nisso. Não queria pensar na casa, nas coisas que estavam suspensas entre o céu e a terra, esperando a mão do destino.

Ele chamou-me e apresentou-me a algumas pessoas. Perguntaram onde estávamos e, quando ele falou em Saint-Savin, alguém disse que ali estava enterrado um santo eremita. Disseram que foi ele quem descobriu o poço no meio da praça – e que a ideia original da cidade era criar um refúgio para os religiosos que abandonavam a vida nas cidades e iam para as montanhas à procura de Deus.

– Eles ainda estão lá – disse outro.

Eu não sabia se esta história era verdade e não sabia quem eram «eles».

Outras pessoas foram chegando e o grupo dirigiu-se para a frente da gruta. Um homem mais velho tentou dizer-me alguma coisa em francês. Ao perceber que eu não entendia bem, mudou para um espanhol arrastado:

– Você está com uma pessoa muito especial – disse. – Um homem que faz milagres.

Eu não respondi nada mas lembrei-me da noite em Bilbau, quando um homem desesperado o viera procurar. Ele não me dissera onde tinha ido, e isso não me interessava. O meu pensamento estava concentrado numa casa, que sabia exactamente como era. Quais os livros, os discos, qual a paisagem e a decoração.

Nalgum lugar do mundo uma casa de verdade estava à espera de nós, algum dia. Uma casa onde eu aguardaria tranquila a sua chegada. Uma casa onde podia esperar por uma menina ou um menino que voltava do colégio, enchia o ambiente com a sua alegria e não deixava nada no lugar onde havíamos posto.

O grupo caminhou em silêncio, debaixo de chuva, até que chegámos finalmente ao lugar das aparições. Era exactamente como eu imaginava: a gruta, a imagem de Nossa Senhora e uma fonte – protegida por um vidro – onde o milagre da água acontecera. Alguns peregrinos rezavam, outros estavam sentados dentro da gruta, em silêncio, com os olhos fechados. Um rio corria em frente da gruta e o som das águas tranquilizou-me. Ao ver a imagem, fiz uma rápida prece; pedi à Virgem que me ajudasse, porque o meu coração não precisava de sofrer mais.

«Se a dor tiver que vir, que venha rápido», disse eu. «Porque tenho uma vida pela frente e preciso de a viver da melhor maneira possível. Se ele tem que fazer alguma escolha, que a faça logo. Então, eu espero-o. Ou esqueço-o.

«Esperar dói. Esquecer dói. Mas não saber que decisão tomar é o pior dos sofrimentos».

No íntimo do meu coração senti que ela ouvira o meu pedido.

*Quarta-Feira, 8 de Dezembro de 1993*

Quando o relógio da basílica tocou a meia-noite, o grupo à nossa volta tinha crescido bastante. Éramos quase cem pessoas, entre elas alguns sacerdotes e freiras, parados debaixo da chuva, a olhar para a imagem.

– Salve Nossa Senhora da Imaculada Conceição! – disse alguém perto de mim, assim que as badaladas do relógio acabaram de soar.

– Salve! – responderam todos, com uma salva de palmas.

Um guarda aproximou-se imediatamente e pediu que não fizéssemos barulho. Estávamos a incomodar os outros peregrinos.

– Viemos de longe – disse um homem do nosso grupo.

– Eles também – respondeu o guarda, enquanto apontava para as outras pessoas que rezavam à chuva. – E estão em silêncio.

Torci para que o guarda acabasse com aquele encontro. Queria estar sozinha com ele, longe dali, segurar nas suas mãos e dizer-lhe o que sentia. Precisávamos de conversar sobre a casa, fazer planos, falar de amor. Eu precisava de tranquilizá-lo, demonstrar mais o meu afecto, dizer-lhe que poderia realizar o seu sonho – porque estaria ao seu lado, a ajudá-lo.

Mas o guarda afastou-se. Um dos sacerdotes do nosso grupo começou a rezar o terço, em voz baixa. Quando chegámos ao *Credo* que encerra a série de orações todos ficaram quietos, de olhos fechados.

– Quem são estas pessoas? – perguntei-lhe.

– Carismáticos – disse ele.

Já tinha ouvido essa palavra, mas não sabia exactamente o que é que ela significava. Ele apercebeu-se disso.

– São as pessoas que aceitam o fogo do Espírito Santo – disse. – O fogo que Jesus deixou e onde poucos acenderam as suas velas. São pessoas que estão próximas da verdade original do Cristianismo, quando todos podiam realizar milagres.

»São pessoas guiadas pela Mulher Vestida de Sol – disse, apontando com os olhos para a Virgem.

O grupo começou a cantar baixinho, como se obedecesse a um comando invisível.

– Estás a tiritar de frio. Não precisas de participar – disse ele.

– Tu ficas?

– Eu fico. Isto é a minha vida.

– Então eu quero participar – respondi, embora preferisse estar longe dali. – Se este é o teu mundo, quero aprender a fazer parte dele.

O grupo continuou a cantar. Fechei os olhos e procurei seguir a música, mesmo sem falar bem o francês.

Repetia as palavras sem entender o seu significado, repetia-as apenas pelo som. Mas isso ajudava-me a passar o tempo.

Aquilo ia terminar daí a pouco. Então, podíamos voltar para Saint-Savin, só nós os dois.

Continuei a cantar mecanicamente. Aos poucos, fui-me apercebendo de que a música tomava conta de mim, como se tivesse vida própria e fosse capaz de me hipnotizar. O frio foi passando e eu já não ligava à chuva – e para o facto de ter só uma roupa. A música fazia-me bem, alegrava o meu espírito, levava-me de volta a uma época em que Deus estava mais próximo e me ajudava mais.

Quando já estava quase a entregar-me por completo, a música cessou.

Abri os olhos. Desta vez não era o guarda, mas um padre. Ele dirigia-se a um sacerdote do grupo. Conversaram um pouco em voz baixa e o padre afastou-se.

O sacerdote virou-se para nós:

– Teremos que fazer as nossas orações do outro lado do rio – disse.

Em silêncio, caminhámos para o local indicado. Atravessámos a ponte que fica quase em frente à gruta e fomos para a outra margem. O local era mais bonito: árvores, um descampado e o rio – que agora estava entre nós e a gruta. Dali podíamos ver claramente a imagem iluminada e podíamos soltar melhor a nossa voz, sem a desagradável sensação de estar a atrapalhar a oração dos outros.

Esta impressão deve ter contagiado todo o grupo: as pessoas começaram a cantar mais alto, ergueram os rostos para cima e sorriam com os pingos de chuva que escorriam pelas suas faces. Alguém levantou os braços, e – no minuto seguinte – todos tinham os braços levantados, balançando-os de um lado para o outro, ao ritmo da música.

Eu lutava para me entregar – ao mesmo tempo que queria prestar atenção ao que estava a fazer. Um sacerdote, a meu lado, cantava em espanhol e comecei a tentar repetir as suas palavras. Eram invocações ao Espírito Santo, à Virgem – para que estivessem presentes e derramassem as suas bênçãos e os seus poderes sobre cada um.

– Que o dom das línguas desça sobre nós – disse outro sacerdote, repetindo a frase em espanhol, italiano e francês.

Não consegui perceber o que aconteceu a seguir. Cada uma daquelas pessoas começou a falar uma língua que não fazia parte de nenhum idioma conhecido. Era mais um barulho do que uma língua, com palavras que pareciam vir directas da alma, sem nenhum sentido lógico. Lembrei-me rapidamente da nossa conversa na igreja, quando ele me falou da Revelação – de que toda a sabedoria consistia em ouvir a própria alma.

«Talvez esta seja a linguagem dos anjos», pensei, tentando imitar o que faziam – e sentia-me ridícula.

Todos olhavam para a Virgem do outro lado do rio, e pareciam estar em transe. Procurei-o com os olhos e vi que estava um pouco distante de mim. Tinha as mãos levantadas para o céu e dizia também palavras rápidas, como se falasse com Ela. Sorria, concordava e às vezes fazia expressões de surpresa.

«Este é o mundo dele», pensei.

Aquilo começou a assustar-me. O homem que eu queria ao meu lado dizia que Deus também era mulher, falava línguas incompreensíveis, entrava em transe e parecia estar próximo dos anjos. A casa na montanha começou a parecer menos real, como se fizesse parte de um mundo que ele já tinha deixado para trás.

Todos aqueles dias – desde a conferência em Madrid – me pareciam ser parte de um sonho, uma viagem para fora do tempo e do espaço da minha vida. No entanto, o sonho tinha o sabor de mundo, de romance, de novas aventuras. Por mais que eu resistisse, sabia que o amor incendeia facilmente o coração de uma mulher e era uma questão de tempo até que eu deixasse o vento soprar e a água destruir as paredes da represa. Por menos que estivesse disposta a isso, no princípio, eu já tinha amado antes e julgava saber como lidar com a situação.

Mas ali estava algo que eu não conseguia perceber. Não era este o catolicismo que me tinham ensinado no colégio. Não era assim que eu via o homem da minha vida.

«Homem da minha vida; que estranho», disse para mim mesma, surpreendida com o meu pensamento.

Diante do rio e da gruta, senti medo e ciúme. Medo porque tudo aquilo era novo para mim, e o que é novo assusta-me sempre. Ciúme porque, aos poucos, me apercebia de que o seu amor era maior do que eu pensava e que se espalhava por terrenos que eu jamais tinha pisado.

«Perdoa-me, Nossa Senhora», disse eu. «Perdoa-me se estou a ser mesquinha, pequena, disputando a exclusividade do amor deste homem.» E se a sua vocação fosse realmente sair do mundo e trancar-se no seminário, e conversar com os anjos?

Por quanto tempo resistiria antes de deixar a casa, os discos e os livros, e retornar ao seu verdadeiro caminho? Ou, mesmo que nunca mais voltasse ao seminário, qual seria o preço que eu teria que pagar para mantê-lo afastado do seu verdadeiro sonho?

Todos pareciam estar concentrados no que faziam, menos eu. Tinha os olhos fixos nele e ele falava a língua dos anjos.

O medo e o ciúme foram substituídos pela solidão. Os anjos tinham com quem conversar e eu estava só.

Não sei o que me impeliu a falar aquela língua estranha. Talvez a imensa necessidade de me encontrar com ele, dizer-lhe o que estava a sentir. Talvez porque precisava que a minha alma conversasse comigo – o meu coração tinha muitas dúvidas e precisava de respostas.

Não sabia exactamente o que fazer; a sensação de ridículo era muito grande. Mas ali estavam homens e mulheres de todas as idades, sacerdotes e leigos, noviços e freiras, estudantes e velhos. Aquilo deu-me coragem e eu pedi ao Espírito Santo que me fizesse vencer a barreira do medo.

«Tente», disse para mim mesma. «Basta abrir a boca e ter a coragem de dizer coisas que não entende. Tente».

Resolvi tentar. Mas antes, pedi que aquela noite – de um dia tão longo, que eu nem me conseguia lembrar bem como ele tinha começado – fosse uma Epifania, um novo começo para mim.

Deus parecia ter-me ouvido. As palavras começaram a sair mais livres – e foram aos poucos perdendo o significado da língua dos homens. A vergonha diminuiu, a confiança aumentou, a língua começou a fluir livremente. Mesmo sem entender nada do que estava a dizer, aquilo fazia sentido para a minha alma.

O simples facto de ter coragem suficiente para dizer coisas sem sentido começou a deixar-me eufórica. Eu era livre, não precisava de dar explicações dos meus actos. Esta liberdade levava-me até ao céu – onde um Amor Maior, que tudo perdoa, e jamais se sente abandonado, me acolhia de volta.

«Parece que a minha fé está a voltar», pensava, surpresa com todos os milagres que o amor pode fazer. Eu sentia a Virgem ao meu lado, segurando-me ao colo, cobrindo-me e aquecendo-me com o seu manto. As palavras estranhas saíam cada vez mais rápido da minha boca.

Comecei a chorar sem perceber. A alegria invadia o meu coração, inundava-me. Era mais forte que os meus medos, que as minhas certezas mesquinhas, que a tentativa de controlar cada segundo da minha vida. Sabia que aquele pranto era um dom, porque no colégio de freiras ensinaram-me que os santos choravam no êxtase. Abri os olhos, contemplei o céu escuro e senti as minhas lágrimas a misturarem-se com a chuva. A terra estava viva, a água que vinha de cima trazia de volta o milagre das alturas. Nós éramos parte desse milagre.

– Que bom, Deus pode ser mulher – disse em voz baixa, enquanto os outros cantavam. – Se assim for, foi a Sua face feminina que nos ensinou a amar.


– Vamos rezar em tendas de oito – disse o sacerdote em espanhol, italiano e francês.

Fiquei de novo desnorteada, sem perceber o que estava a acontecer. Alguém se aproximou de mim e passou o seu braço por cima do meu ombro. Outra pessoa fez o mesmo do outro lado.

Formámos um círculo de oito pessoas, todos abraçados. Aí, inclinámo-nos para a frente e as nossas cabeças tocaram-se.

Parecíamos uma tenda humana. A chuva tinha aumentado um pouco, mas ninguém ligava. A posição em que estávamos concentrava todas as nossas energias e o nosso calor.

– Que a Imaculada Conceição ajude o meu filho e faça com que encontre o seu caminho – disse a voz do homem que me tinha abraçado do lado direito. – Peço, que rezemos uma Ave-Maria pelo meu filho.

– Ámen – responderam todos. E as oito pessoas rezaram a Ave--Maria.

– Que a Imaculada Conceição me ilumine e desperte em mim o dom da cura – disse voz de uma mulher na nossa «tenda». – Rezemos uma Ave-Maria.

De novo, todos disseram «Ámen» e rezaram. Cada pessoa fez um pedido e todos participavam com as orações. Eu sentia-me surpreendida comigo mesma, porque estava a orar como uma criança – e, como uma criança, acreditava que aquelas graças seriam alcançadas.

O grupo ficou em silêncio por uma fracção de segundo. Vi que tinha chegado a minha vez de pedir qualquer coisa. Em qualquer outra circunstância, eu teria morrido de vergonha – sem conseguir dizer nada. Mas havia uma Presença e essa presença dava-me confiança.

– Que a Imaculada Conceição me ensine a amar como ela – disse eu. – Que esse amor me faça crescer a mim e ao homem a que foi dedicado. Rezemos uma Ave-Maria.

Rezámos juntos e veio outra vez a sensação de liberdade. Durante anos eu lutara contra o meu coração, porque tinha medo da tristeza, do sofrimento, do abandono. Sempre soubera que o verdadeiro amor estava acima de tudo isso e que era melhor morrer do que deixar de amar.

Mas achava que apenas os outros tinham coragem. E, agora, neste momento, descobria que também eu era capaz. Mesmo que significasse partida, solidão, tristeza, o amor valia cada centavo do seu preço.

«Não posso pensar nestas coisas, tenho que me concentrar no ritual.» O sacerdote que conduzia o grupo pediu que as tendas fossem desfeitas e que orássemos pelos doentes. As pessoas rezavam, cantavam, dançavam sob chuva, adorando a Deus e à Virgem Maria. Volta e meia, voltavam todos a falar línguas estranhas e a balançar os braços apontados para o céu.

– Alguém que está aqui e que tem uma nora doente, saiba que ela está a ser curada – disse uma mulher, em determinado momento.

As orações voltaram assim como os cânticos e a alegria. De vez em quando, ouvia-se a voz daquela mulher.

– Alguém deste grupo, que perdeu a mãe recentemente, deve ter fé e saber que ela está na glória dos céus – dizia.

Mais tarde, ele disse-me que este era o dom da profecia, que certas pessoas eram capazes de pressentir o que estava a acontecer num lugar distante ou o que ia acontecer dentro de pouco tempo.

Mas, mesmo que nunca soubesse disso, eu acreditava na força da voz que falava de milagres. Esperava que ela, nalgum momento, comentasse sobre o amor de duas pessoas ali presentes. Tinha esperança de ouvi-la proclamar que esse amor era abençoado por todos os anjos, santos, por Deus e pela Deusa.

Não sei quanto tempo durou aquele ritual. As pessoas voltaram a falar línguas estranhas, cantaram, dançaram com os braços estendidos para o céu, rezaram pelo seu vizinho, pediram milagres, testemunharam graças que tinham sido concedidas.

Finalmente, o padre que conduzia a cerimónia disse:

– Vamos rezar a cantar, por todas as pessoas que participaram pela primeira vez nesta renovação carismática.

Eu não devia ser a única. Isso tranquilizou-me.

Todos cantaram uma oração. Desta vez, eu só ouvi, pedindo que as graças descessem sobre mim.

Eu precisava muito.

– Vamos receber a bênção – disse o padre.

Todos se voltaram para a gruta iluminada, na outra margem do rio. O padre fez várias orações e abençoou-nos. Então, todos se beijaram, todos desejaram «feliz dia da Imaculada Conceição», e seguiram o seu rumo.

Ele aproximou-se. Tinha uma expressão mais alegre do que de costume.

– Estás ensopada – disse.

– Tu também – respondi, rindo.

Voltámos para o carro e regressámos a Saint-Savin. Eu ansiara muito por este momento – mas agora que ele tinha chegado não sabia mais o que dizer. Não conseguia falar sobre a casa nas montanhas, o ritual, os livros e os discos, as línguas estranhas e as orações nas tendas.

Ele vivia em dois mundos. Num determinado lugar no tempo, estes dois mundos fundiam-se num só – e eu precisava descobrir como.

Mas as palavras, naquele momento, de nada valiam. O amor descobre-se através da prática de amar.

– Só tenho mais uma camisola – disse ele, quando chegámos ao quarto. – Podes ficar com ela. Amanhã compro uma para mim.

– Colocamos as roupas em cima do aquecedor. Amanhã estarão secas – respondi. – De qualquer maneira, ainda tenho a camisa que lavei ontem.

Por alguns instantes, ninguém disse nada.

Roupas. Nudez. Frio.

Ele, finalmente, tirou de dentro da pequena mala uma camisola.

– Isto dá para tu dormires – disse.

– Claro – respondi.

Apaguei a luz. No escuro, tirei a roupa molhada, estendi-a em cima do radiador e girei o botão até ao máximo.

A claridade do lampião lá fora era suficiente para que ele pudesse ver o meu vulto, saber que eu estava nua. Vesti a camisola e enfiei-me dentro da minha cama.

– Eu amo-te – ouvi-o dizer.

– Estou a aprender a amar-te – respondi.

Ele acendeu um cigarro.

– Achas que vai chegar o momento certo? – perguntou.

Eu sabia do que é que ele estava a falar. Levantei-me e fui-me sentar na borda da cama dele.

A ponta do cigarro iluminava o rosto dele de vez em quando. Ele agarrou na minha mão e estivemos assim por uns momentos. Então, acariciei os seus cabelos.

– Não devias perguntar – respondi. – O amor não faz muitas perguntas, porque, se começamos a pensar, começamos a ter medo.

É um medo inexplicável, nem adianta tentar colocá-lo em palavras.

»Pode ser o medo de ser desprezada, de não ser aceite, de quebrar o encanto. Parece ridículo, mas é assim. Por isso não se pergunta – faz-se. Como tu mesmo já disseste tantas vezes, correm-se os riscos.

– Eu sei. Nunca perguntei antes.

– Tu já tens o meu coração – respondi, enquanto fingia não ter ouvido as suas palavras. – Amanhã podes partir e lembraremos sempre o milagre destes dias; o amor romântico, a possibilidade, o sonho.

»Mas eu acho que Deus, na sua Infinita Sabedoria, escondeu o Inferno no meio do Paraíso. Para que estivéssemos sempre atentos. Para não nos deixar esquecer a coluna do Rigor, enquanto vivemos na alegria da Misericórdia.

As mãos dele tocaram com mais força os meus cabelos.

– Tu aprendes rápido – disse ele.

Eu estava surpresa com o que tinha dito. Mas, se se aceita que sabemos, acabamos realmente por saber.

– Não penses que sou difícil – disse eu. – Já tive muitos homens. Já fiz amor com gente que nem conhecia muito bem.

– Também eu – respondeu ele.

Tentava ser natural, mas pela maneira como tocava na minha cabeça, vi que as minhas palavras tinham sido difíceis de ouvir.

– No entanto, desde hoje de manhã que a minha virgindade misteriosamente se refez. Não tentes entender, porque só quem é mulher sabe o que estou a dizer. Estou a descobrir outra vez o amor. E isso leva tempo.

Ele soltou os meus cabelos e tocou no meu rosto. Eu beijei-o levemente nos lábios e voltei para a minha cama.

Eu não conseguia perceber porque é que agira dessa maneira. Não sabia se fazia aquilo para prendê-lo ainda mais ou se para o deixar livre.

Mas o dia tinha sido longo. Estava demasiado cansada para pensar.

Tive uma noite de imensa paz. Em certo momento, parecia que estava acordada – embora continuasse a dormir. Uma presença feminina pegou-me ao colo e era como se eu a conhecesse há muito tempo, porque me sentia protegida e amada.

Acordei às sete da manhã, a morrer de calor. Lembrei-me que tinha colocado o aquecimento ao máximo para secar as nossas roupas. Ainda estava escuro e procurei levantar-me sem fazer barulho, para não o incomodar.

Assim que me levantei, vi que ele não estava.

Entrei em pânico. A Outra acordou imediatamente e dizia-me: «Estás a ver? Foi só concordares e ele desapareceu. Como todos os homens.»

O pânico aumentava a cada minuto. Eu não podia perder o controlo. Mas a Outra não parava de falar:

«Ainda estou aqui», dizia ela. «Tu deixaste o vento mudar de direcção, abriste a porta e o amor inunda a tua vida. Se agirmos rápido, ainda conseguimos controlar.»

Eu precisava de ser prática. Tomar providências. «Ele foi-se embora», continuou a Outra. «Tu tens de sair deste fim do mundo. A tua vida em Saragoça ainda está intacta: volta a correr. Antes de perderes o que conseguiste com tanto esforço».

«Ele deve ter os seus motivos», pensei.

«Os homens têm sempre motivos», respondeu a Outra. «Mas o facto é que acabam sempre por deixar as mulheres.»

Então, tenho de saber como é que volto para Espanha. O cérebro precisa de estar ocupado o tempo todo.

«Vamos para o lado prático: dinheiro», disse a Outra. Eu não tinha nem um tostão. Precisava descer, telefonar à cobrança para os meus pais e esperar que eles me enviassem dinheiro para a passagem de volta.

Mas hoje era feriado e o dinheiro só chegaria amanhã. Como é que faço para comer? Como explicar aos donos da casa que era preciso esperar dois dias para receberem o pagamento?

«O melhor é não dizer nada» – respondeu a Outra. Sim, ela tinha experiência, sabia lidar com situações como esta. Não era a menina apaixonada que perde o controlo, mas a mulher que sempre soube o que desejava na vida. Eu devia continuar ali, como se nada tivesse acontecido, como se ele fosse voltar. E, quando o dinheiro chegasse, pagaria as dívidas e iria embora.

«Muito bem», disse a Outra. «Estás a voltar ao que eras. Não fiques triste – porque um dia irás encontrar um homem. Alguém que tu possas amar sem riscos».

Apanhei as minhas roupas no radiador. Estavam secas. Era preciso saber qual daquelas cidadezinhas tinha um banco, telefonar, tomar providências. Enquanto pensasse nisso não teria tempo para chorar ou sentir saudades.

Foi então que reparei num bilhete.

*«Fui ao seminário. Arruma as tuas coisas (ah! ah! ah!), pois viajamos esta noite para Espanha. Estarei de volta ao fim da tarde.»*

E terminava com: *«Amo-te»*

Apertei o bilhete contra o meu peito e senti-me miserável e aliviada ao mesmo tempo. Notei que a Outra se encolhia, surpreendida com o achado.

Eu também o amava. A cada minuto, a cada segundo, esse amor crescia e transformava-me. Voltava a ter fé no futuro e estava – aos poucos – a voltar a ter fé em Deus.

Tudo por causa do amor.

«Não quero mais falar com as minhas próprias trevas», prometi a mim mesma, fechando definitivamente a porta à Outra. «Uma queda do terceiro andar magoa tanto quanto uma queda do centésimo andar.»

Se eu tiver que cair, que caia de lugares bem altos.

– Não saia de novo em jejum – disse a mulher.

– Não sabia que a senhora falava espanhol – respondi, surpreendida.

– A fronteira é aqui perto. Os turistas vêm para Lourdes no Verão. Se eu não souber espanhol, não alugo quartos.

Ela começou a preparar torradas e café com leite. Eu comecei a preparar o meu espírito para enfrentar aquele dia; cada hora ia demorar um ano. Torci para que aquela refeição me distraísse um pouco.

– Há quanto tempo estão casados? – perguntou ela.

– Ele foi o primeiro amor da minha vida – respondi. Era o suficiente.

– Vê essas montanhas aí fora? – continuou a mulher. – O primeiro amor da minha vida morreu numa dessas montanhas.

– Mas a senhora encontrou alguém.

– Sim, encontrei. E consegui ser feliz novamente. O destino é curioso: quase ninguém que eu conheço casou com o primeiro amor da sua vida.

»As que casaram, estão sempre a dizer que perderam algo importante, que não viveram tudo o que precisavam de viver.

Ela parou de falar, de repente.

– Desculpe – disse. – Não queria ofendê-la.

– Não me ofende.

– Olho sempre para esse poço aí fora. E fico a pensar: antes ninguém sabia onde é que estava a água – até que São Savin resolveu cavar e descobriu-a. Se não o tivesse feito, a cidade seria lá em baixo, perto do rio.

– E o que é que isso tem a ver com o amor? – perguntei.

– Este poço trouxe as pessoas, com as suas esperanças, os seus sonhos e os seus conflitos. Alguém ousou procurar a água, a água revelou-se, e todos se reuniram à sua volta. Penso que, quando procuramos o amor com coragem, ele revela-se e acabamos por atrair mais amor. Se uma pessoa nos quer, todos nos querem.

»No entanto, se estamos sozinhos ficamos mais sozinhos ainda. É estranha a vida.

– A senhora já ouviu falar de um livro chamado *I Ching?* – perguntei.

– Nunca.

– Ele diz que se pode mudar uma cidade, mas não se pode mudar um poço de lugar. Os amantes encontram-se, matam a sua sede, constroem as suas casas, criam os seus filhos em volta do poço.

»Mas se um deles decide partir, o poço não pode segui-lo. O amor fica ali, abandonado – embora cheio da mesma água pura de antes.

– Fala como uma velha que já sofreu muito, minha filha – disse ela.

– Não. Tive sempre medo. Nunca cavei o poço. Estou a fazer isso agora, e não quero esquecer-me dos riscos.

Senti algo que me incomodava no bolso das calças. Quando enfiei a mão, e vi o que era, o meu coração ficou gelado. Acabei de tomar o café a correr.

A chave. Eu tinha a chave.

– Existe uma mulher aqui nesta cidade que morreu e deixou tudo para o seminário de Tarbes – disse eu. – A senhora sabe onde fica a casa dela?

A mulher abriu a porta e mostrou-me. Era uma das casas medievais da praceta, cuja parte dos fundos dava para o vale e para as montanhas do outro lado.

– Dois padres estiveram aí há quase dois meses atrás – disse ela. – E... Ela olhou-me, com ar de dúvida.

– E um deles parecia-se com o seu marido – disse, depois de uma longa pausa.

– Era ele – respondi eu, enquanto saía, contente por ter deixado a minha criança interior fazer uma travessura.

Fiquei parada na frente da casa, sem saber o que fazer. A bruma cobria tudo e eu parecia estar num sonho cinzento, onde surgem figuras estranhas da névoa, que nos levam para lugares mais estranhos ainda.

Os meus dedos tocavam nervosamente a chave.

Com toda aquela neblina, seria impossível ver as montanhas da janela. A casa estaria escura – sem o sol nas cortinas e na neve. A casa estaria triste, sem a presença dele a meu lado.

Olhei para o relógio. Nove da manhã.

Precisava de fazer alguma coisa, algo que me ajudasse a passar o tempo, a esperar.

Esperar. Esta foi a primeira lição que aprendi sobre o amor. O dia arrasta-se, fazem-se milhares de planos, imagina-se todas as conversas possíveis e imaginárias, promete-se mudar o comportamento em certas coisas – e vai-se ficando ansiosa, ansiosa, até que o seu amado chega.

Então já não se sabe mais o que dizer. Aquelas horas de espera transformaram-se em tensão, a tensão tornou-se medo e o medo faz com que tenhamos vergonha de demonstrar todo o nosso afecto.

«Não sei se devo entrar». Lembrei-me de toda a conversa do dia anterior – aquela casa era o símbolo de um sonho.

Mas eu não podia ficar ali o dia inteiro parada. Ganhei coragem, tirei a chave do bolso e dirigi-me para a porta.

– Pilar!

A voz, com um forte sotaque francês, vinha da neblina. Eu fiquei mais surpreendida do que assustada. Podia ser o dono da casa

118

onde tínhamos alugado o quarto – mas eu não me lembrava de lhe ter dito o meu nome.

– Pilar! – repetiu, desta vez mais próximo.

Eu olhei para a praça, coberta pela névoa. Um vulto aproximava-se, andando rápido. O pesadelo das neblinas com as suas figuras estranhas estava a transformar-se em realidade.

– Espere – disse ele. – Quero conversar consigo.

Quando chegou perto de mim, vi que era um padre. A sua figura parecia-se com as caricaturas de padres do interior: baixo, um pouco gordo, alguns cabelos brancos espalhados pela cabeça quase calva.

– Olá – disse, estendendo a mão e esboçando um enorme sorriso.

Eu retribuí o cumprimento, atónita.

– É pena que a neblina esteja a cobrir tudo – disse ele, olhando para a casa. – Saint-Savin está numa montanha e a vista da casa é linda. Das suas janelas vê-se o vale lá em baixo e os picos gelados lá em cima. Mas já deve saber.

No mesmo instante, deduzi quem era: o superior do convento.

– O que é que o senhor está aqui a fazer? – perguntei. – E como é que sabe o meu nome?

– Quer entrar? – disse ele, mudando de assunto.

– Não. Quero que me responda ao que lhe perguntei.

Ele esfregou as mãos, para aquecê-las um pouco, e sentou-se na beira do passeio. Sentei-me ao seu lado. A neblina estava cada vez mais forte e tinha escondido a igreja – que ficava apenas a vinte metros de nós.

Tudo o que conseguíamos ver era o poço. Lembrei-me das palavras da mulher.

– Ela está presente – disse eu.

– Quem?

– A Deusa – respondi. – Ela é esta bruma.

– Então ele falou consigo acerca disso! – riu. – Bem, prefiro chamá-la Virgem Maria. Estou mais habituado.

– O que é que o senhor está aqui a fazer? Como é que sabe o meu nome? – repeti.

– Vim, porque queria vê-los. Alguém que estava no grupo carismático ontem à noite disse-me que vocês se hospedaram em Saint-Savin. E esta é uma cidade muito pequena.

– Ele foi até ao seminário.

O padre deixou de sorrir e abanou a cabeça de um lado para o outro.

– Que pena – disse, como se estivesse a falar consigo mesmo.

– Pena porque ele foi visitar o seminário?

– Não, ele não está lá. Vim de lá agora.

Ficou sem dizer nada por alguns minutos. Lembrei-me outra vez da sensação que tive ao acordar: o dinheiro, as providências, o telefonema para os meus pais, o bilhete. Mas fizera um juramento e ia manter a minha palavra.

Um padre estava ao meu lado. Em criança, fora acostumada a contar tudo aos padres.

– Estou exausta – disse, para quebrar o silêncio. – Há menos de uma semana atrás, sabia quem era e o que queria da vida. Agora, parece que entrei numa tempestade que me empurra de um lado para o outro, sem que eu possa fazer nada.

– Resista – disse o padre. – É importante.

Fiquei surpreendida com o comentário.

– Não se assuste – continuou ele, como se adivinhasse os meus pensamentos. – Sei que a igreja está a precisar de novos sacerdotes e ele seria um padre excelente. Mas o preço que terá de pagar será muito alto.

– Onde é que ele está? Deixou-me aqui e foi-se embora para Espanha?

– Para Espanha? Ele não tem nada para fazer em Espanha – disse o padre. – A sua casa é o mosteiro, que fica a poucos quilómetros daqui.

»Ele não está lá. E eu sei onde posso encontrá-lo».

As suas palavras devolveram-me um pouco de coragem e alegria; pelo menos não tinha partido.

120

Mas o padre já não sorria.

– Não se anime – continuou ele, lendo outra vez os meus pensamentos. – Melhor teria sido que ele tivesse voltado para Espanha.

O padre levantou-se e pediu-me para o acompanhar. Só podíamos ver alguns metros à nossa frente, mas ele parecia saber onde ia. Saímos de Saint-Savin pelo mesmo caminho onde, duas noites antes – ou teriam sido cinco anos? – ouvi a história de Bernadette.

– Onde é que vamos? – perguntei.

– Vamos buscá-lo – respondeu o padre.

– Padre, o senhor deixa-me confusa – disse eu, enquanto andávamos. – Parece que ficou triste quando disse que ele não estava.

– O que é que você sabe sobre a vida religiosa, minha filha?

– Muito pouco. Que os padres fazem votos de pobreza, castidade e obediência.

Pensei se devia continuar ou não, mas resolvi ir adiante.

– E que julgam os pecados dos outros, embora cometam esses mesmos pecados. Que pensam conhecer tudo sobre o casamento e o amor, mas nunca se casaram. Que nos ameaçam com o fogo do inferno por coisas erradas que eles também praticam.

»E mostram-nos Deus como um ser vingativo, que culpa o homem pela morte do seu único Filho.

O padre riu-se.

– Você teve uma excelente educação católica – disse. – Mas não estou a perguntar sobre o catolicismo. Pergunto sobre a vida espiritual.

Eu fiquei sem reacção.

– Não sei ao certo – disse, por fim. – São pessoas que largam tudo e partem em busca de Deus.

– E encontram?

– O senhor deve saber essa resposta. Eu não faço a menor ideia.

O padre percebeu que eu estava ofegante e diminuiu o ritmo da passada.

– Definiu a coisa erradamente – começou ele. – Quem parte em busca de Deus, está a perder o seu tempo. Pode percorrer muitos caminhos, filiar-se em muitas religiões e seitas – mas, dessa maneira, jamais irá encontrá-Lo.

»Deus está aqui, agora, ao nosso lado. Podemos vê-Lo nesta bruma, neste chão, nestas roupas, nestes sapatos. Os Seus anjos velam enquanto dormimos e ajudam-nos enquanto trabalhamos. Para encontrar Deus basta olhar à nossa volta.

»Não é fácil esse encontro. À medida que Deus nos faz participar do Seu mistério, sentimo-nos mais desorientados. Porque Ele está constantemente a pedir-nos para seguirmos os nossos sonhos e o nosso coração. É difícil fazer isso, porque estamos habituados a viver de uma maneira diferente.

»E descobrimos, para nossa surpresa, que Deus quer-nos ver felizes, porque Ele é pai.

– E mãe – disse eu.

A neblina começava a levantar. Conseguia ver uma pequena casa de camponeses, onde uma mulher juntava lenha.

– Sim, e mãe – disse ele. – Para ter uma vida espiritual, não precisa de entrar para um seminário, nem fazer jejum, abstinência e castidade.

»Basta ter fé e aceitar Deus. A partir daí, cada um se transforma no Seu caminho, passamos a ser o veículo dos Seus milagres.

– Ele já me falou do senhor – interrompi. – E ensinou-me essas mesmas coisas.

– Espero que aceite os seus dons – respondeu o padre. – Porque nem sempre é assim, como nos ensina a história. Osíris é esquartejado no Egipto. Os deuses gregos desentendem-se por causa de mulheres e homens da Terra. Os astecas expulsam Quetzalscoatl. Os deuses *vikings* assistem ao incêndio do Valhalla, por causa de uma mulher. Jesus é crucificado.

»Porquê?

Eu não sabia responder.

– Porque Deus vem à Terra para nos mostrar o nosso poder. Nós fazemos a do Seu sonho e Ele quer um sonho feliz. No entanto, se admitirmos a nós mesmos que Deus nos amou para a felicidade, teremos que assumir que tudo aquilo que nos leva para a tristeza e para a derrota é nossa culpa.

»Por isso, matamos sempre Deus. Seja na cruz, no fogo, no exílio, ou no nosso coração.

– Mas aqueles que O entendem...

– Esses transformam o mundo. À custa de muito sacrifício.

A mulher que carregava lenha, viu o padre e correu em nossa direcção.

– Padre, obrigado! – disse ela, beijando as suas mãos. – O rapaz curou o meu marido!

– Quem o curou foi a Virgem – respondeu o padre, apressando o passo. – Ele é apenas um instrumento.

– Foi ele. Entre, por favor.

Lembrei-me imediatamente da noite anterior. Quando estávamos a chegar à basílica, um homem virou-se para mim e disse algo como «está com um homem que faz milagres!»

– Estamos com pressa – disse o padre.

– Não, não estamos – respondi, morrendo de vergonha por falar em francês, uma língua que não era a minha. – Tenho frio e quero tomar um café.

A mulher pegou-me na mão e entrámos. A casa era confortável, mas sem luxo; paredes de pedra, o chão e o tecto de madeira. Sentado diante da lareira acesa, estava um homem com aproximadamente sessenta anos.

Assim que viu o padre, levantou-se para lhe beijar a mão.

– Fique sentado – disse o padre. – Ainda tem que recuperar.

– Já engordei dez quilos – respondeu ele. – Mas ainda não posso ajudar a minha mulher.

– Não se preocupe. Em breve, estará melhor do que antes.

– Onde está o rapaz? – perguntou o homem.

– Eu vi-o passar para onde vai sempre – disse a mulher. – Só que hoje ele estava com o carro.

O padre olhou-me, sem dizer nada.

– Dê-nos a sua bênção, padre – disse a mulher. – O poder que é dele...

– ... da Virgem – replicou o padre.

– ... da Virgem Mãe, esse poder também é do senhor. Foi o senhor que o trouxe até aqui.

Desta vez, o padre evitou o meu olhar.

– Reze pelo meu marido, padre – insistiu a mulher.

O padre respirou fundo.

– Fique de pé à minha frente – disse ele para o homem.

O velho obedeceu. O padre fechou os olhos e começou a rezar uma Ave-Maria. Depois, invocou o Espírito Santo e pediu que ele estivesse presente e ajudasse aquele homem.

De um momento para o outro, começou a falar rápido. Parecia uma oração de exorcismo, embora eu já não pudesse acompanhar o que ele estava a dizer. As suas mãos tocavam nos ombros do homem e deslizavam pelos seus braços – até aos seus dedos. Ele repetiu este gesto várias vezes.

O fogo começou a crepitar mais forte na lareira. Podia ser coincidência, mas podia também ser que o padre estivesse a entrar em terrenos que eu não conhecia – e que interferiam nos elementos.

Eu e a mulher assustávamo-nos cada vez que a lenha estourava. O padre nem dava conta; estava entregue à sua tarefa – um instrumento da Virgem, como ele tinha dito. Falava a língua estranha. As palavras saíam a uma velocidade surpreendente. As suas mãos já não se mexiam mais – estavam nos ombros do homem.

De repente, assim como tinha começado, o ritual parou. O padre virou-se e deu a bênção convencional, movendo a mão direita num grande sinal da cruz.

– Que Deus esteja sempre nesta casa – disse ele.

E, virando-se para mim, pediu que continuássemos a nossa caminhada.

– Mas falta o café – disse a mulher, assim que nos viu sair.

– Se eu tomar agora um café, depois não durmo – respondeu o padre.

A mulher riu e murmurou algo como «ainda é de manhã». Não ouvi bem, pois já estávamos na estrada.

– Padre, a mulher falou de um rapaz que curou o seu marido. Foi ele?

– Sim, foi ele.

Eu comecei a sentir-me mal. Lembrava-me do dia anterior, de Bilbau, da conferência em Madrid, das pessoas a falarem em milagres, da presença que senti quando rezava abraçada aos outros.

E eu amava um homem que era capaz de curar. Um homem que podia servir o próximo, trazer alívio ao sofrimento, devolver a saúde aos enfermos e a esperança aos seus parentes. Uma missão que não cabia numa casa com cortinas brancas e discos e livros preferidos.

– Não se culpe, minha filha – disse ele.

– O senhor está a ler os meus pensamentos.

– Sim, estou – respondeu o padre. – Também tenho um dom e procuro ser digno dele. A Virgem ensinou-me a mergulhar no turbilhão das emoções humanas, para saber dirigi-las da melhor maneira possível.

– O senhor também faz milagres.

– Não sou capaz de curar. Mas tenho um dos dons do Espírito Santo.

– Então o senhor pode ler o meu coração, padre. E sabe que o amo e que este amor cresce a cada minuto. Nós descobrimos juntos o mundo e juntos permanecemos nele. Ele esteve presente em todos os dias da minha vida – querendo ou não.

O que é que eu podia dizer àquele padre que caminhava a meu lado? Ele jamais poderia entender que eu tive outros homens, que me apaixonei e que se me tivesse casado teria sido feliz. Ainda em criança, eu tinha descoberto e esquecido o amor, numa praça de Soria.

Mas, pelos vistos, não fiz um bom trabalho. Bastaram três dias para que tudo voltasse ao de cima.

– Tenho o direito de ser feliz, padre. Recuperei o que estava perdido, não quero voltar a perder. Vou lutar pela minha felicidade.

»Se eu renunciar a esta luta estarei também a renunciar à minha vida espiritual. Como o senhor diz, seria afastar Deus, o meu poder e a minha força de mulher. Vou lutar por ele, padre.

Eu sabia o que é que aquele homem, baixo e gordo, estava ali a fazer. Tinha vindo para me convencer a deixá-lo, porque ele tinha uma missão mais importante para cumprir.

Não, não ia acreditar naquela história de que o padre que caminhava a meu lado gostaria que nos casássemos, para morarmos numa casa igual àquela de Saint-Savin. O padre dizia isso para me enganar, para que eu baixasse as minhas defesas, e então – com um sorriso – me convencer do contrário.

Ele ouviu os meus pensamentos sem dizer nada. Mas talvez estivesse a enganar-me, talvez não fosse capaz de adivinhar o que os outros pensavam. A neblina dissipava-se rapidamente, eu agora podia ver o caminho, a encosta da montanha, o campo e as árvores cobertos de neve. As minhas emoções também iam ficando mais claras.

Droga! Se fosse verdade, e o padre fosse mesmo capaz de ler os pensamentos, então que lesse e soubesse de tudo. Que soubesse que ontem ele quis fazer amor comigo e eu recusei – e estava arrependida.

Ontem pensava que – se ele tivesse que partir – eu poderia sempre lembrar-me do velho amigo de infância. Mas era tolice. Mesmo que o seu sexo não me tenha penetrado, algo mais profundo penetrou, e o meu coração foi atingido.

– Padre, eu amo-o – repeti.

– Eu também. O amor faz sempre asneiras. No meu caso, obriga-me a tentar afastá-lo do seu destino.

– Não será fácil afastar-me, padre. Ontem, durante as orações em frente à gruta, descobri que também eu posso despertar esses dons de que o senhor fala. E vou usá-los para mantê-lo junto a mim.

– Oxalá – disse o padre, com um leve sorriso no rosto. – Oxalá consiga isso.

O padre parou e tirou um terço do bolso. Depois, segurando-o, olhou bem nos meus olhos.

– Jesus disse que não se deve jurar e eu não estou a jurar. Mas estou a dizer-lhe, na presença do que me é sagrado, que eu não desejaria que ele seguisse a vida religiosa convencional. Não gostaria que ele fosse ordenado sacerdote.

»Ele poderia servir Deus de outras maneiras. A seu lado.

Custava-me acreditar que ele estivesse a dizer a verdade, mas estava.

– Ele está ali – disse o padre.

Eu virei-me. Podia ver o carro parado um pouco mais adiante. O mesmo carro em que viemos de Espanha.

– Ele vem sempre a pé – respondeu, a sorrir. – Desta vez, quis dar-nos a impressão de que tinha viajado para longe.

A neve ensopava os meus sapatos. Mas o padre usava sandálias abertas, com meias de lã – e resolvi não protestar.

Se ele podia, eu também podia. Começámos a subir em direcção aos cumes.

– Durante quanto tempo vamos andar?

– Meia hora, no máximo.

– Para onde vamos?

– Ao encontro dele. E de outros.

Vi que não queria continuar a conversa. Talvez necessitasse de todas as suas energias para subir. Caminhámos em silêncio – a neblina já estava quase dissipada e o disco amarelo do sol começava a aparecer.

Pela primeira vez, podia ter uma visão completa do vale; um rio a correr lá em baixo, algumas povoações espalhadas e Saint-Savin encravada na encosta daquela montanha. Reconheci a torre da igreja, um cemitério que nunca tinha notado e as casas medievais com vista para o rio.

Um pouco abaixo de nós, por um lugar onde ja tínhamos passado, um pastor conduzia o seu rebanho de ovelhas.

– Estou cansado – disse o padre. – Vamos parar um pouco.

Limpámos a neve de cima de uma pedra e encostámo-nos. O padre suava – e os seus pés deviam estar congelados.

– Que Santiago conserve as minhas energias, porque ainda quero percorrer o seu caminho mais uma vez – disse o padre, virando-se para mim.

Eu não percebi o comentário e resolvi mudar de assunto.

– Existem marcas de passos na neve – disse.

– Algumas são de caçadores. Outras são de homens e mulheres que querem reviver uma tradição.

– Que tradição?

– A mesma do Santo Savin. Retirar-se do mundo, vir para estas montanhas, contemplar a glória de Deus.

– Padre, eu preciso de entender uma coisa. Até ontem, eu estava com um homem cuja dúvida era a vida religiosa ou o casamento. Hoje descobri que esse homem faz milagres.

– Todos fazemos milagres – disse o padre. – Jesus disse que se tivermos fé do tamanho de um grão de mostarda e dissermos a esta montanha «move-te!», ela mover-se-á.

– Não quero uma aula de religião, padre. Eu amo um homem e quero saber mais sobre ele, entendê-lo, ajudá-lo. Não me importa o que todos podem ou não fazer.

O padre respirou fundo. Ficou por um momento indeciso, mas recomeçou:

– Um cientista que estudava macacos, numa ilha da Indonésia, conseguiu ensinar a uma certa macaca que ela devia lavar as batatas num rio, antes de comê-las. Livre da areia e das porcarias o alimento ficava mais saboroso.

»O cientista – que fez aquilo só porque estava a escrever um trabalho sobre a capacidade de aprendizagem dos chimpazés – não podia imaginar o que acabaria por acontecer. Ficou surpreendido ao ver que os outros macacos da ilha começavam a imitá-la.

»Até que, um belo dia, quando um número determinado de macacos aprendeu a lavar as batatas, os macacos de todas as outras ilhas do arquipélago começaram a fazer o mesmo. O mais surpreendente, porém, é que estes outros macacos aprenderam sem ter qualquer contacto com aquela ilha – onde a experiência estava a ser levada a cabo.

Ele parou.

– Entendeu?

– Não – respondi.

– Existem vários estudos científicos a respeito disso. A explicação mais comum é que, quando um determinado número de pessoas evolui, toda a raça humana acaba por evoluir. Não se sabe quantos são necessários – mas sabe-se que é assim.

– Como a história da Imaculada – disse eu. – Apareceu aos sábios do Vaticano e à camponesa ignorante.

– O mundo tem uma alma e chega um momento em que esta alma age em tudo e em todos ao mesmo tempo.

– Uma alma feminina.

Ele riu, sem me deixar saber o que é que aquela risada significava.

– Por sinal, o dogma da Imaculada não foi uma coisa só do Vaticano – disse ele. – Oito milhões de pessoas assinaram uma petição ao Papa a pedir isso. As assinaturas vieram de todos os cantos do mundo. A coisa estava no ar.

– Esse é o primeiro passo, padre?

– De quê?

– Do caminho que vai levar Nossa Senhora a ser considerada como a encarnação da face feminina de Deus. Afinal, já aceitámos que Jesus encarnou a Sua face masculina.

– O que é que quer dizer?

– Quanto tempo vai demorar para que aceitemos uma Santíssima Trindade onde a mulher aparece? A Santíssima Trindade do Espírito Santo, da Mãe e do Filho.

– Vamos andar – disse ele. – Está muito frio para ficarmos aqui parados.

– Há pouco tempo atrás, reparou nas minhas sandálias – disse ele.

– O senhor lê mesmo os pensamentos? – perguntei.

Ele não me respondeu.

– Vou contar-lhe parte da história da fundação da nossa Ordem religiosa – disse. – Somos carmelitas descalços, segundo as regras estabelecidas por Santa Teresa D'Ávila. As sandálias fazem parte; ser capaz de dominar o corpo é ser capaz de dominar o espírito.

»Teresa era uma linda mulher, internada pelo pai no convento para que tivesse uma educação mais apurada. Um belo dia, quando passava por um corredor, começou a conversar com Jesus. Os seus êxtases eram tão fortes e profundos, que ela entregou-se totalmente a eles e em pouco tempo a sua vida mudou por completo. Vendo que os conventos carmelitas se tinham transformado em agências de casamento, resolveu criar uma Ordem que seguisse os ensinamentos originais de Cristo e do Carmelo.

»Santa Teresa teve que se vencer a si mesma e teve que enfrentar os grandes poderes da sua época – a Igreja e o Estado. Mesmo assim foi em frente, convencida de que precisava de cumprir a sua missão.

»Um belo dia – quando a sua alma fraquejava – uma mulher andrajosa apareceu na casa onde estava hospedada. Queria falar, custasse o que custasse, com a Madre. O dono da casa ofereceu-lhe uma esmola, mas ela rejeitou: só sairia dali quando falasse com Teresa.

»Esperou durante três dias do lado de fora – sem comer e sem beber. A Madre, compadecida, pediu-lhe que entrasse.

– Não – disse o dono da casa. – Ela é louca.

– Se eu fosse dar ouvidos a todos, acabaria por achar que eu é que sou louca – respondeu a Madre. – Pode ser que esta mulher tenha o mesmo tipo de loucura que eu: a de Cristo na cruz.

– Santa Teresa falava com Cristo – disse eu.

– Sim – respondeu.

»Mas voltemos à história. A tal mulher foi recebida pela Madre. Disse chamar-se Maria de Jesus Yepes, de Granada. Era uma carmelita noviça, quando a Virgem apareceu a pedir-lhe que fundasse um convento de acordo com as regras primitivas da Ordem.

«Como Santa Teresa», pensei.

– Maria de Jesus saiu do convento no dia da sua visão e caminhou, descalça, até Roma. A sua peregrinação demorou dois anos – período em que dormiu ao relento, morreu de frio e de calor, sobreviveu de esmolas e da caridade alheia. Foi um milagre chegar lá. Mas milagre maior ainda foi ser recebida pelo Papa Pio IV.

– Porque o Papa, assim como Teresa, e provavelmente muitas outras pessoas, estava a pensar na mesma coisa – concluí.

Assim como Bernadette não sabia da decisão do Vaticano, assim como os macacos de outras ilhas não podiam saber da experiência que estava a ser realizada, assim como Maria de Jesus e Teresa não sabiam o que uma e outra estavam a pensar.

Alguma coisa começava a fazer sentido.

Estávamos agora a caminhar por um bosque. Os ramos mais altos, secos e cobertos de neve, recebiam os primeiros raios de sol. A neblina estava a dissipar-se por completo.

– Sei onde é que quer chegar, padre.

– Sim. O mundo vive um momento em que muita gente está a receber a mesma ordem.

– Siga os seus sonhos, transforme a sua vida num caminho que leva a Deus. Realize os seus milagres. Cure. Faça profecias. Oiça o seu anjo da guarda. Transforme-se. Seja um guerreiro e seja feliz no seu combate.

– Corra os seus riscos.

O sol agora inundava tudo. A neve começou a brilhar e a claridade excessiva magoava a minha vista. Mas – ao mesmo tempo – parecia completar o que o padre estava a dizer.

– E o que é que isto tem a ver com ele?

– Eu contei-lhe o lado heróico da história. Mas não sabe nada sobre a alma desses heróis.

Ele fez uma longa pausa.

– O sofrimento – continuou. – Nos momentos de transformação, surgem os mártires. Antes que as pessoas possam seguir os seus sonhos, outros precisam de sacrificar-se. Enfrentam o ridículo, a perseguição, a tentativa de desacreditar os seus trabalhos.

– A Igreja queimou as bruxas, padre.

– Sim. E Roma deitou os cristãos aos leões. Quem morreu na fogueira ou na arena, subiu rapidamente à Glória Eterna – foi melhor assim.

»Mas hoje, os guerreiros da Luz enfrentam algo pior que a morte com honra que os mártires tiveram. São consumidos pouco a pouco pela vergonha e pela humilhação. Assim foi com Santa Teresa – que sofreu o resto da sua vida. Assim foi com Maria de Jesus. Assim foi com os alegres meninos de Fátima: Jacinta e Francisco morreram em poucos meses e Lúcia internou-se num convento, de onde nunca mais saiu.

– Mas com Bernadette não foi assim.

– Sim, foi. Teve que aguentar a prisão, a humilhação, o descrédito. Ele deve ter contado tudo isto. Deve ter falado das palavras da Aparição.

– Algumas palavras – respondi.

– Nas aparições de Lourdes, as frases de Nossa Senhora não dão para encher meia página de um caderno; mesmo assim, a Virgem fez questão de dizer à pastora: «**não lhe prometo felicidade neste mundo**». Porque é que uma das suas poucas frases foi para prevenir e consolar Bernadette? Porque Ela sabia da dor que a esperava dali por diante, se aceitasse a sua missão.

Eu olhava para o sol, a neve e as árvores sem folhas.

– Ele é um revolucionário – continuou o padre, e o tom da sua voz era humilde. – Tem poder, conversa com Nossa Senhora. Se conseguir concentrar bem a sua energia, pode estar na vanguarda, ser um dos líderes da transformação espiritual da raça humana. O mundo vive um momento muito importante.

»Se, no entanto, esta for a sua escolha, irá sofrer muito. As suas revelações vieram antes da hora. Eu conheço suficientemente a alma humana para saber o que o espera no futuro.

O padre virou-se para mim e segurou-me nos ombros.

– Por favor – disse. – Afaste-o do sofrimento e da tragédia que o esperam. Ele não resistirá.

– Entendo o seu amor por ele, padre.

Ele abanou a cabeça.

– Não, não entende nada. É ainda demasiado jovem para conhecer as maldades do mundo. Neste momento, também se está a ver como uma revolucionária. Que mudou o mundo com ele, abriu caminhos, quer fazer com que a vossa história de amor se transforme em algo lendário, que será contado de geração em geração. Ainda acredita que o amor pode vencer.

– E não pode?

– Sim, pode. Mas vencerá na hora certa. Depois das batalhas celestes terminarem.

– Eu amo-o. E não preciso de esperar pelas batalhas celestes para deixar o meu amor vencer.

O seu olhar tornou-se distante.

– **Nas margens dos rios da Babilónia sentámo-nos e chorámos** – disse, como se falasse para si mesmo. – **Nos salgueiros que lá havia pendurámos as nossas harpas.**

– Que coisa triste – respondi eu.

– São as primeiras linhas de um Salmo. Fala do exílio daqueles que querem voltar à Terra Prometida e não podem. E esse exílio ainda vai durar mais algum tempo. O que posso fazer para tentar impedir o sofrimento de alguém que quer voltar ao Paraíso antes da hora?

– Nada, padre. Absolutamente nada.

– Ali está ele – disse o padre.

Eu vi-o. Devia estar a uns duzentos metros de mim, ajoelhado no meio da neve. Estava sem camisa e – mesmo à distânda – reparei na sua pele arroxeada pelo frio.

Mantinha a cabeça baixa e as mãos postas em oração. Não sei se estava influenciada pelo ritual a que assistira na noite anterior, se pela mulher que juntava lenha na cabana – mas eu sentia-me a olhar para alguém com uma gigantesca força espiritual. Alguém que já não pertencia a este mundo – vivia em comunhão com Deus e com os espirítos iluminados do Alto. O brilho da neve à sua volta parecia reforçar mais esta impressão.

– Neste monte, existem outros assim – disse o padre. – Em constante adoração, comungando com a experiência de Deus e da Virgem. Ouvindo anjos, santos, profecias, palavras de sabedoria e transmitindo tudo isso para um pequeno grupo de fiéis. Enquanto assim for, não haverá problema.

»Mas ele não vai ficar aqui. Irá correr o mundo, pregar a ideia da Grande Mãe. A Igreja não quer isso agora. E o mundo tem pedras na mão, para atirar aos primeiros que tocarem nesse assunto.

– E tem flores nas mãos, para os que vierem depois.

– Sim. Mas esse não é o seu caso.

O padre começou a andar na sua direcção.

– Onde é que vai?

– Vou despertá-lo do seu transe. Dizer-lhe que gostei de si. E que abençoo esta união. Quero fazer isso aqui, neste lugar que – para ele – é sagrado.

Comecei a sentir náuseas, como alguém que está com medo, mas não entende o porquê desse medo.

– Preciso de pensar, padre. Não sei se está certo.

– Não está certo – respondeu ele. – Muitos pais erram com os seus filhos porque pensam que sabem o que é melhor para eles. Eu não sou seu pai e sei que estou a agir erradamente. Mas tenho que cumprir o meu destino.

Eu estava cada vez mais ansiosa.

– Não vamos interrompê-lo – dizia. – Deixe que ele acabe a sua contemplação.

– Ele não devia estar aqui. Devia estar consigo.

– Talvez esteja a conversar com a Virgem.

– Pode ser. Mesmo assim, devemos ir até lá. Se ele me vir consigo, saberá que lhe contei tudo. Ele sabe o que eu penso.

– Hoje é o dia da Imaculada Conceição – insisti. – Um dia muito especial para ele. Acompanhei a sua alegria ontem à noite, diante da gruta.

– A Imaculada é importante para todos nós – respondeu o padre. – Mas agora sou eu quem não quer discutir religião: vamos até lá.

– Porquê agora, padre? Porquê neste minuto?

– Porque sei que ele está a decidir o seu futuro. E pode ser que escolha o caminho errado.

Eu virei-me na direcção oposta e comecei a descer pelo mesmo caminho que tínhamos subido. O padre veio atrás.

– O que é que está a fazer? Não vê que é a única que o pode salvar? Não vê que ele a ama, e que largaria tudo por si?

Os meus passos eram cada vez mais rápidos e tornava-se difícil seguir-me. Mesmo assim, ele continuou a andar ao meu lado.

– Neste exacto momento, ele está a escolher! E pode estar a escolher deixá-la! – dizia o padre. – Lute por aquilo que ama!

Mas eu não parei. Andei o mais rápido que podia, deixando para trás a montanha, o padre, as escolhas. Sei que o sacerdote que corria atrás de mim lia os meus pensamentos, e sabia que era inútil qualquer tentativa para me fazer voltar. Mesmo assim, ele insistia, argumentava, lutava até ao fim.

Finalmente, chegámos à pedra onde tínhamos descansado meia hora antes. Eu estava exausta e atirei-me para o chão.

Não pensava em nada. Queria fugir dali, ficar só, ter tempo para pensar e reflectir.

O padre chegou alguns minutos depois – também exausto pela caminhada.

– Está a ver estas montanhas à nossa volta? – perguntou ele. – Elas não rezam; elas já são a oração de Deus. São assim porque encontraram o seu lugar no mundo e nesse lugar permanecem. Elas estão aí muito antes de o homem olhar o céu, ouvir o trovão e perguntar quem criou tudo isto. Nascemos, sofremos, morremos e as montanhas continuam aí.

»Existe um momento em que precisamos de pensar se vale a pena tanto esforço. Por que não tentar ser como estas montanhas – sábias, antigas e no seu lugar adequado? Por que arriscar tudo para transformar meia-dúzia de pessoas que esquecem logo o que lhes foi ensinado e partem para uma nova aventura? Por que não esperar que um determinado número de macacos-homens aprenda e – então – o conhecimento seja espalhado sem sofrimento por todas as ilhas?

– O senhor acha isso mesmo, padre?

Ele ficou calado por instantes.

– Está a ler o meu pensamento?

– Não. Mas se o senhor achasse isso, não teria escolhido a vida religiosa.

– Muitas vezes tento entender o meu destino – disse ele. – E não consigo. Aceitei ser parte do exército de Deus e tudo o que tenho feito é tentar explicar aos homens porque é que existe miséria, dor, injustiça. Eu peço que sejam bons cristãos e eles perguntam-me: «Como posso crer em Deus, quando existe tanto sofrimento no mundo?»

»E tento explicar o que não tem explicação. Tento dizer que existe um plano, uma batalha entre os anjos e que estamos todos envolvidos nessa luta. Tento dizer que, quando um determinado número de pessoas tiver fé suficiente para mudar este cenário, todas as outras pessoas – em todas as partes do planeta – serão beneficiadas por esta mudança. Mas não acreditam em mim. Não fazem nada.

– São como as montanhas – disse eu. – São belas. Quem chega diante delas não consegue deixar de pensar na grandeza da Criação. São provas vivas do amor que Deus sente por nós, mas o destino destas montanhas é apenas dar testemunho.

»Não são como os rios, que se movem e transformam a paisagem.

– Sim. Mas por que não ser como elas?

– Talvez porque deve ser terrível o destino das montanhas – respondi. – Elas são obrigadas a contemplar sempre a mesma paisagem.

O padre não disse nada.

– Eu estava a estudar para ser montanha – continuei. – Tinha cada coisa no seu lugar certo. Ia entrar para um emprego público, casar-me, ensinar a religião dos meus pais aos meus filhos, embora já não acreditasse nela.

»Hoje estou decidida a largar tudo isso e seguir o homem que eu amo. Ainda bem que desisti de ser montanha – não ia aguentar muito mais tempo.

– Diz coisas sábias.

– Tenho-me surpreendido comigo mesma. Dantes só conseguia falar da infância.

Levantei-me e continuei a descer. O padre respeitou o meu silêncio e não tentou conversar comigo até chegarmos à estrada.

Eu peguei nas suas mãos e beijei-as.

– Quero despedir-me. Mas quero dizer que o entendo, e ao seu amor por ele.

O padre sorriu e abençoou-me.

– Também entendo o seu amor por ele – disse.

Durante o resto daquele dia caminhei pelo vale. Brinquei com a neve, estive numa cidade próxima de Saint-Savin, comi um pão com *patê* e fiquei a olhar para uns meninos que jogavam à bola.

Na igreja da outra povoação, acendi uma vela. Fechei os olhos e repeti as invocações que aprendera no dia anterior. Depois comecei a pronunciar palavras sem sentido – enquanto me concentrava na imagem de um crucifixo atrás do altar. Aos poucos, o dom das línguas foi tomando conta de mim. Era mais fácil do que eu pensava.

Podia parecer idiota – murmurar coisas, dizer palavras que não se conhece e que não significam nada para o nosso raciocínio – mas o Espírito Santo estava a falar com a minha alma e a dizer coisas que ela precisava de ouvir.

Quando senti que estava purificada o suficiente, voltei a fechar os olhos e rezei: «Nossa Senhora, devolve-me a fé. Que eu também possa ser um instrumento do Teu trabalho. Dai-me a oportunidade de aprender através do meu amor. Porque o amor nunca afastou ninguém dos seus sonhos.

»Que eu seja companheira e aliada do homem que amo. Que ele faça tudo o que tem a fazer – a meu lado.»

Quando voltei para Saint-Savin já era quase noite. O carro estava parado diante da casa onde tínhamos alugado o quarto.

– Onde é que estiveste? – perguntou ele, assim que me viu.

– A andar e a rezar – respondi.

Ele deu-me um forte abraço.

– Por momentos, tive medo que te tivesses ido embora. Tu és a coisa mais preciosa que tenho nesta terra.

– Tu também – respondi.

Parámos numa povoação perto de San Martín de Unx. A travessia dos Pirenéus tinha demorado mais do que pensávamos – por causa da chuva e da neve do dia anterior.

– Precisamos de encontrar alguma coisa aberta – disse ele, enquanto saía do carro. – Estou com fome.

Eu não me mexi.

– Vem – insistiu, abrindo a minha porta.

– Quero fazer-te uma pergunta. Uma pergunta que nunca fiz desde que nos encontrámos.

Ele ficou imediatamente sério. Ri-me da sua preocupação.

– É uma pergunta muito importante?

– Muito importante – respondi, tentando parecer séria. – A pergunta é a seguinte: para onde é que estamos a ir?

Desatámos os dois a rir às gargalhadas.

– Para Saragoça – respondeu, aliviado. Saí do carro e começámos a procurar um restaurante aberto. Seria quase impossível, àquela hora da noite.

«Não, não é impossível. A Outra já não está comigo. Os milagres acontecem», disse para mim mesma.

– Quando é que tens de chegar a Barcelona? – perguntei.

Ele não respondeu e o seu rosto ficou sério. «Devo evitar estas perguntas», pensei. «Pode parecer que estou a tentar controlar a vida dele.»

Andámos um pouco sem dizer nada. Na praça da pequena cidade havia um letreiro iluminado: *Mesón El Sol.*

– Aquele está aberto. Vamos comer – e foi o seu único comentário.

Os pimentões vermelhos com anchovas estavam dispostos em forma de estrela. Ao lado, o queijo Manchego, em fatias quase transparentes.

No centro da mesa, uma vela acesa e uma garrafa de Rioja, quase pela metade.

– Isto era uma adega medieval – comentou o rapaz que nos servia.

Não havia quase ninguém no restaurante, àquela hora da noite. Ele levantou-se, foi até ao telefone e voltou para a mesa. Tive vontade de perguntar para quem tinha ligado – mas desta vez consegui controlar-me.

– Ficamos abertos até às duas e meia da manhã – continuou o rapaz. – Mas, se quiserem, podemos trazer mais presunto, queijos e vinho, e vocês ficam na praça. O álcool afastará o frio.

– Não nos vamos demorar assim tanto – respondeu ele.

– Temos que chegar a Saragoça antes que amanheça.

O rapaz voltou para o balcão. Tornámos a encher os nossos copos. Eu sentia novamente a leveza que sentira em Bilbau – a suave embriaguez do Rioja, que nos ajuda a dizer e a ouvir as coisas difíceis.

– Tu estás cansado de guiar e estamos a beber – disse eu, depois de uma golada. – É melhor ficarmos por aqui. Eu vi um *Parador** no caminho.

Ele concordou com a cabeça.

– Olha para esta mesa à nossa frente – foi o comentário dele. – Os japoneses chamam a isto *shibumi:* a verdadeira sofisticação das coisas simples. As pessoas enchem-se de dinheiro, vão a lugares caros e acham que estão a ser sofisticadas.

Eu bebi mais vinho.

O *Parador*. Mais uma noite a seu lado.

A virgindade que misteriosamente se refizera.

---

* Antigos castelos e monumentos históricos transformados em hotéis pelo governo espanhol. (N.A.).

– É curioso ouvir um seminarista a falar de sofisticação disse eu, tentando concentrar-me noutra coisa.

– Pois aprendi isso no seminário. Quanto mais nos aproximamos de Deus através da fé, mais simples Ele se torna. E quanto mais simples Ele se torna, mais forte é a Sua presença.

A sua mão deslizou pela tábua da mesa.

– Cristo aprendeu a sua missão enquanto cortava madeira, fazia cadeiras, camas, armários. Veio como carpinteiro, para nos mostrar que – não importa o que façamos – tudo nos pode levar à experiência do amor de Deus.

Ele parou de repente.

– Não quero falar disto – disse. – Quero falar de outro tipo de amor.

As suas mãos tocaram na minha cara.

O vinho tornava as coisas mais fáceis para ele. E para mim.

– Por que é que paraste de repente? Por que é que não queres falar de Deus, da Virgem, do mundo espiritual?

– Quero falar de um outro tipo de amor – insistiu. – Aquele que um homem e uma mulher compartilham e onde também se manifestam milagres.

Segurei as mãos dele. Ele podia conhecer os grandes mistérios da Deusa – mas de amor sabia tanto quanto eu. Apesar de ter viajado tanto.

E tinha que pagar um preço: a iniciativa. Porque a mulher paga o preço mais alto: a entrega.

Ficámos de mãos dadas por um longo tempo. Eu lia nos olhos dele os medos ancestrais que o verdadeiro amor coloca como provas a serem vencidas. Eu li a lembrança da rejeição da noite anterior, o longo tempo que passámos separados, os anos passados no mosteiro em busca de um mundo onde estas coisas não aconteciam.

Eu lia nos olhos dele as milhares de vezes em que tinha imaginado este momento, os cenários que tinha construído em nosso redor, o cabelo que eu deveria estar a usar e a cor da minha roupa. Eu queria dizer «sim», que ele seria bem-vindo, que o meu coração tinha vencido a batalha. Eu queria dizer o quanto o amava, o quanto o desejava naquele momento.

Mas continuei em silêncio. Assisti, como se fosse um sonho, à sua luta interior. Vi que tinha diante dele o meu «não», o medo de me perder, as palavras duras que ouviu em momentos semelhantes da sua vida – porque todos nós passamos por isso, e acumulamos cicatrizes.

Os seus olhos começaram a brilhar. Sabia que ele estava a vencer todas aquelas barreiras.

Então, soltei uma das mãos, peguei num copo e coloquei-o na borda da mesa.

– Vai cair – disse ele.

– Exacto. Quero que tu o derrubes.

– Partir um copo?

Sim, partir um copo. Um gesto aparentemente simples, mas que envolvia pavores que nunca chegaremos a perceber. O que há de errado em partir um copo barato – quando todos nós já o fizémos, sem querer, pelo menos uma vez na vida?

– Partir um copo? – repetiu ele. – Porquê?

– Posso dar algumas explicações – respondi. – Mas, na verdade, é apenas por partir.

– Por ti?

– Claro que não.

Ele olhava para o copo de vidro na borda da mesa – preocupado com que caísse.

«É um ritual de passagem, como tu mesmo dizes», tive vontade de dizer. «É o proibido. Copos não se partem de propósito. Quando entramos em restaurantes ou nas nossas casas, temos cuidado para que os copos não fiquem na borda das coisas. O nosso universo exige que tomemos cuidado para que os copos não caiam ao chão.»

No entanto, continuei a pensar, quando os partimos sem querer, vemos que não foi tão grave assim. O empregado diz «não tem importância» e nunca na minha vida vi os copos partidos serem incluídos na conta de um restaurante. Partir copos faz parte da vida e não causamos nenhum dano a nós próprios, ao restaurante, ou ao próximo.

Eu dei um empurrão à mesa. O copo balançou, mas não caiu.

– Cuidado! – disse ele, instintivamente.

– Parte o copo – insisti eu.

Parte o copo, pensava comigo mesma, porque é um gesto simbólico. Procura entender que eu parti dentro de mim coisas muito mais importantes que um copo e estou feliz por isso. Olha para a tua própria luta interior e parte esse copo.

Porque, os nossos pais ensinaram-nos a ter cuidado com os copos e com os corpos. Ensinaram-nos que as paixões de infância são impossíveis, que não devemos afastar homens do sacerdócio, que as pessoas não fazem milagres e que ninguém vai em viagem sem saber para onde vai.

Parte esse copo, por favor – e liberta-nos de todos esses malditos conceitos, essa mania que se tem de explicar tudo e só fazer aquilo que os outros aprovam.

– Parte esse copo – pedi mais uma vez.

Ele fixou os seus olhos nos meus. Depois, devagar, deslizou a sua mão pelo tampo da mesa, até tocá-lo. Num movimento rápido, empurrou-o para o chão.

O barulho do vidro a quebrar-se chamou a atenção de todos. Ao invés de disfarçar o gesto com algum pedido de desculpas, ele olhava-me a sorrir – e eu sorria para ele.

– Não tem importância – gritou o rapaz que atendia às mesas.

Mas ele não ouviu. Tinha-se levantado, agarrara-me os cabelos e beijava-me.

Eu também o agarrei pelos cabelos, o abracei com toda a força, mordi os seus lábios, senti a sua língua dentro da minha boca. Era um beijo pelo qual tinha esperado muito – que tinha nascido junto

146

aos rios da nossa infância, quando ainda não compreendíamos o significado do amor. Um beijo que ficou suspenso no ar quando crescemos, que viajou pelo mundo através da lembrança de uma medalha, que ficou escondido atrás de um monte de livros de estudo para um emprego público. Um beijo que se perdeu tantas vezes e que agora tinha sido encontrado. Naquele minuto de beijo estavam anos de buscas, de desilusões, de sonhos impossíveis.

Eu beijei-o com força. As poucas pessoas que estavam naquele bar devem ter olhado e pensado ver apenas um beijo. Não sabiam que naquele minuto de beijo estava o resumo da minha vida, da vida dele, da vida de qualquer pessoa que espera, sonha e busca o seu caminho debaixo do sol.

Naquele minuto de beijo estavam todos os momentos de alegria que vivi.

Ele tirou-me a roupa e penetrou-me com força, com medo, com vontade. Senti alguma dor, mas aquilo não tinha importância – como nem tinha importância o meu prazer naquele momento. Eu passava as minhas mãos pela cabeça dele, ouvia os seus gemidos e agradecia a Deus por ele estar ali, dentro de mim, fazendo-me sentir como se fosse a primeira vez.

Amámo-nos a noite inteira – e o amor misturava-se com sono e sonhos. Eu sentia-o dentro de mim e abraçava-o para ter a certeza de que aquilo estava mesmo a acontecer, para não deixar que ele, de repente, partisse – como os cavaleiros andantes que um dia habitaram o velho castelo transformado em hotel. As silenciosas paredes de pedra pareciam contar histórias de donzelas que ficavam à espera, das lágrimas derramadas e dos dias sem fim à janela, a olhar o horizonte, em busca de um sinal ou de uma esperança.

Mas eu jamais passaria por isso, prometi a mim mesma. Não iria perdê-lo nunca. Ele estaria sempre comigo – porque eu ouvi as línguas do Espírito Santo, olhando para um crucifixo por detrás de um altar e elas disseram que eu não estava a cometer nenhum pecado.

Eu seria a sua companheira e juntos desbravaríamos o mundo que estava para ser criado de novo. Falaríamos da Grande Mãe, lutaríamos ao lado do Arcanjo Miguel, viveríamos juntos a agonia e o êxtase dos pioneiros. Isto foi o que me disseram as línguas – e eu tinha recuperado a fé, sabia que falavam a verdade.

QUINTA-FEIRA, 9 DE DEZEMBRO DE 1993

Acordei com os braços dele em cima dos meus seios. Já era dia claro e os sinos da igreja estavam a tocar.

Ele beijou-me. As suas mãos acariciaram mais uma vez o meu corpo.

– Temos que ir – disse. – Hoje acabam os feriados, as estradas devem estar congestionadas.

– Não quero ir para Saragoça – respondi. – Quero seguir a direito para onde tu vais. Os bancos abrem daqui a pouco, posso usar o cartão para levantar algum dinheiro e comprar roupas.

– Tu disseste-me que não tinhas muito dinheiro.

– Eu dou um jeito. Tenho de romper sem piedade com o meu passado. Se voltar a Saragoça posso vir a achar que estou a fazer uma loucura, que falta pouco para os exames, que podemos esperar dois meses separados – até que eu os termine.

»E, se eu passar, não vou querer sair de Saragoça. Não, não posso voltar. Preciso queimar as pontes que me ligam à mulher que fui.

– Barcelona – disse ele, para consigo.

– O quê?

– Nada. Vamos continuar a viagem.

– Mas tu tens uma palestra.

– Ainda faltam dois dias – respondeu ele. A voz soava estranha – Vamos a outro lugar. Não quero ir directamente para Barcelona.

Levantei-me. Não queria pensar em problemas – talvez tivesse acordado como sempre se acorda depois da primeira noite de amor com alguém: com uma certa cerimónia e vergonha.

Fui até à janela, abri uma fresta na cortina, e olhei para a pequena rua à nossa frente. As varandas das casas tinham roupa estendida a secar. Os sinos tocavam lá fora.

– Tenho uma ideia – disse eu. – Vamos a um lugar onde já estivemos quando éramos crianças. Nunca mais lá voltei.

– Onde?

– Vamos ao Mosteiro de Piedra.

Quando saímos do hotel, os sinos continuavam a tocar, e ele sugeriu que entrássemos um pouco na igreja.

– Não temos feito outra coisa – respondi eu. – Igrejas, orações, rituais.

– Fizemos amor – disse ele. – Embriagámo-nos três vezes. Caminhámos pelas montanhas. Temos equilibrado bem o Rigor e a Misericórdia.

Eu tinha dito uma asneira. Precisava de acostumar-me a uma nova vida.

– Desculpa-me – disse.

– Entramos por pouco tempo. Estes sinos são um sinal.

Ele tinha razão, mas eu só ia perceber isso no dia seguinte. Sem perceber o sinal oculto, pegámos no carro e viajámos durante quatro horas até ao Mosteiro de Piedra.

O tecto tinha desabado e as poucas imagens que ainda existiam estavam sem cabeça – excepto uma.

Olhei em volta. No passado, aquele lugar devia ter abrigado homens de vontade forte, que cuidavam para que cada pedra estivesse limpa, e que cada banco estivesse ocupado por um dos poderosos da época.

Mas tudo o que agora via à minha frente eram ruínas. As ruínas que, na infância, se transformavam em castelos onde brincávamos juntos e onde eu procurava o meu príncipe encantado.

Durante séculos, os monges do Mosteiro de Piedra guardaram para si aquele bocado do paraíso. Situado no fundo de uma depressão geográfica, tinham de graça aquilo que as povoações vizinhas tinham que mendigar para conseguir: água. Ali, o Rio Piedra espalhava-se em dezenas de cascatas, riachos, lagos, fazendo com que uma vegetação luxuriante se desenvolvesse à sua volta.

Entretanto, bastava caminhar algumas centenas de metros e sair do *canyon:* tudo em volta era aridez e desolação. O próprio rio, quando acabava de cruzar a depressão geográfica, transformava-se de novo num fio de água como se naquele lugar tivesse gasto toda a sua juventude e energia.

Os monges sabiam disso e a água que forneciam aos seus vizinhos era cara. Um sem número de lutas entre os sacerdotes e as povoações marcou a história do mosteiro.

Por fim, durante uma das muitas guerras que sacudiram a Espanha, o Mosteiro de Piedra foi transformado em quartel. Cavalos passeavam pela nave central da igreja, soldados acampavam por entre os seus bancos, contavam histórias pornográficas e faziam amor com as mulheres das povoações vizinhas.

A vingança – embora tardia – tinha chegado. O mosteiro foi saqueado e destruído.

Nunca mais os monges conseguiram reaver aquele paraíso. Numa das muitas batalhas jurídicas que se seguiram, alguém disse que os habitantes das povoações vizinhas executaram uma sentença de Deus. Cristo dissera: «Dai de beber a quem tem sede», e os padres ficaram surdos às Suas palavras. Por esse motivo, Deus expulsou os que se julgavam donos da Natureza.

E talvez fosse por isso que – embora grande parte do convento tivesse sido reconstruído e transformado em hotel, a igreja principal ainda permanecia em ruínas. Os descendentes dos povos vizinhos continuavam a lembrar-se do alto preço que os seus pais tiveram que pagar – por uma coisa que a Natureza dava de graça.

– De quem é a única imagem com cabeça? – perguntei.

– Santa Teresa D'Ávila – respondeu ele. – Ela tem poder. E, mesmo com toda a sede de vingança que as guerras trazem, ninguém ousou tocar-lhe.

Ele pegou-me na mão e saímos. Passeámos pelos gigantescos corredores do convento, subimos as largas escadas de madeira e vimos as borboletas nos jardins interiores do claustro. Eu lembrava-me de cada detalhe daquele mosteiro – porque estivera ali na infância e as memórias antigas parecem mais vivas do que as lembranças recentes.


Memória. O mês anterior – e os dias anteriores àquela semana – pareciam fazer parte de uma outra encarnação minha. Uma época a que eu não queria voltar nunca mais, porque as suas horas não tinham sido tocadas pela mão do amor. Eu sentia-me como se tivesse vivido o mesmo dia durante anos a fio, acordado da mesma maneira, repetido as mesmas coisas e ido dormir sempre com os mesmos sonhos.

Lembrei-me dos meus pais, dos pais dos meus pais e de muitos amigos meus. Lembrei-me de quanto tempo passei a lutar para conseguir uma coisa que não queria.

Por que o fizera? Não conseguia encontrar uma explicação. Talvez porque tinha preguiça de pensar noutros caminhos. Talvez pelo medo do que os outros iriam pensar. Talvez porque ser diferente desse muito trabalho. Talvez porque o ser humano está condenado a repetir os passos da geração anterior, até que – e lembrei-me do padre superior – um determinado número de pessoas comece a comportar-se de uma outra maneira.

Então, o mundo muda, e nós mudamos com ele.

Mas eu não queria mais ser assim. O destino devolvera-me o que era meu e agora dava-me a possibilidade de me mudar a mim mesma, e de ajudar a transformar o mundo.

Pensei de novo nas montanhas e nos alpinistas que encontrámos quando passeávamos. Eram jovens, tinham as roupas coloridas para chamar a atenção caso se perdessem na neve e conheciam o trilho certo até aos cumes.

As encostas já estavam cravejadas com espigões de alumínio: tudo o que precisavam de fazer era passar, através de ganchos, as cordas e subir com segurança. Estavam ali para uma aventura de feriado e na segunda-feira retornariam aos seus trabalhos, com a sensação de terem desafiado a natureza – e vencido.

Mas não era nada disso. Aventureiros foram os primeiros, os que decidiram descobrir os caminhos. Alguns não chegaram nem a metade e caíram em fendas nas rochas. Outros perderam os seus dedos, gangrenados pelo frio. Muitos nunca mais foram vistos. Mas um dia, alguém chegou ao cimo daqueles picos.

E os seus olhos foram os que primeiro viram aquela paisagem e o seu coração bateu com alegria. Ele tinha aceite correr riscos e agora honrava – com a sua conquista – todos os que tinham morrido enquanto tentavam.

É possível que as pessoas lá em baixo pensassem:

«Não há nada lá em cima, apenas uma paisagem; qual é graça disso?»

Mas o primeiro alpinista sabia qual era a graça: aceitar os desafios e ir adiante. Saber que nenhum dia era igual ao outro e que cada manhã tinha o seu milagre especial, o seu *momento mágico,* onde velhos universos se destruíam e novas estrelas se criavam.

O primeiro homem que subiu àquelas montanhas deve ter feito a mesma pergunta, ao olhar para aquelas casinhas lá em baixo com as suas chaminés a fumegar: «O dia deles parece sempre igual; que graça tem isso?»


Agora as montanhas já estavam conquistadas, os astronautas já tinham andado no espaço, não havia mais nenhuma ilha na terra – por menor que fosse – que pudesse ser descoberta. Mas restavam as grandes aventuras do espírito – e uma delas estava a ser-me oferecida.

Era uma bênção. O padre superior não percebia nada. Estas dores não magoam.

Bem-aventurados os que podem dar os primeiros passos. Um dia as pessoas saberiam que um homem era capaz de falar a língua dos anjos, que todos nós temos os dons do Espírito Santo e que podemos fazer milagres, curar, profetizar, entender.

Passámos a tarde a caminhar pelo *canyon*, lembrando-nos dos tempos de infância. Era a primeira vez que ele fazia isso; na nossa viagem até Bilbau parecia já não se interessar por Soria.

Agora, porém, pedia-me detalhes de cada um dos nossos amigos, querendo saber se eram felizes e o que faziam na vida.

Chegámos, finalmente, à maior cascata do Piedra – que junta as águas de pequenos riachos espalhados e as atira de uma altura de quase trinta metros. Ficámos parados na margem, ouvindo o ruído ensurdecedor, contemplando um arco-íris na neblina que as grandes quedas de água formam.

– A Cauda do Cavalo – disse eu, surpreendida por ainda me lembrar de um nome que tinha ouvido há tanto tempo atrás.

– Estou a lembrar-me... – começou ele.

– Sim! Eu sei o que vais dizer!

Claro que sabia! A queda de água escondia uma gigantesca gruta. Ainda em crianças, quando voltámos do nosso primeiro passeio ao Mosteiro de Piedra, comentámos sobre aquele lugar dias seguidos.

– A caverna – completou ele. – Vamos até lá!

Era impossível passar por baixo da torrente de água que caía. Os antigos monges construíram um túnel que saía do ponto mais alto da cascata, descendo por dentro da terra até à parte de trás da gruta.

Não foi difícil achar a entrada. Durante o Verão, talvez existissem luzes para mostrar o caminho; mas nós éramos as únicas pessoas ali e o túnel estava completamente às escuras.

– Vamos assim mesmo? – perguntei.

– Claro. Confia em mim.

Começámos a descer pelo buraco ao lado da cascata. Embora a escuridão nos cercasse, sabíamos para onde estávamos a ir – e ele dissera para eu confiar nele.

«Obrigada, Senhor», pensava eu, enquanto penetrávamos cada vez mais fundo no seio da terra. «Porque eu era uma ovelha perdida e Tu trouxeste-me de volta. Porque a minha vida estava morta e Tu ressuscitaste-a. Porque o amor não habitava mais no meu coração e Tu devolveste-me essa graça.»

Eu segurava no ombro dele. O meu amado guiava os meus passos pelo caminho de trevas, sabendo que tornaríamos a encontrar a luz e nos alegraríamos com ela. Podia ser que, no nosso futuro, existissem momentos em que esta situação se invertesse; então, eu guiá-lo-ia com o mesmo amor e a mesma certeza, até chegarmos a um lugar seguro, onde pudéssemos descansar juntos.

Andávamos devagar e a descida parecia não terminar nunca. Talvez ali estivesse um novo rito de passagem – fim de uma época em que nenhuma luz brilhava na minha vida. À medida que eu caminhava por aquele túnel, lembrava-me de quanto tempo eu tinha perdido no mesmo lugar, a tentar criar raízes num solo onde mais nada crescia.

Mas Deus era bom, e dera-me de volta o entusiasmo perdido, as aventuras que sonhei, o homem que – sem querer – tinha esperado toda a minha vida. Eu não sentia qualquer remorso pelo facto de ele estar a deixar o seminário; porque havia muitas maneiras de servir Deus, como o padre dissera, e o nosso amor multiplicaria essas maneiras. A partir de agora, eu também tinha a oportunidade de servir e de ajudar – tudo por causa dele.

Sairíamos pelo mundo, ele levando conforto aos outros e eu levando-lhe conforto a ele.

«Obrigada, Senhor, por me ajudares a servir. Ensina-me a ser digna disso. Dá-me forças para ser parte dessa missão, caminhar com ele pela Terra, desenvolver novamente a minha vida espiritual. Que todos os nossos dias sejam como foram estes – de lugar em lugar, a curar os doentes, confortar os tristes, falar do amor da Grande Mãe por todos nós.»

De repente, o barulho da água voltou, a luz inundou o nosso caminho e o túnel negro transformou-se num dos mais belos espectáculos da Terra. Estávamos dentro de uma imensa caverna – do tamanho de uma catedral. Três paredes eram de pedra; a quarta parede era a Cauda do Cavalo, com a sua água a cair no lago verde-esmeralda, a nossos pés.

Os raios do sol poente atravessavam a cascata e as paredes molhadas brilhavam.

Ficámos recostados na pedra, sem dizer nada.

Antes, quando éramos crianças, este lugar era o esconderijo dos piratas, que guardava os tesouros das nossas fantasias infantis. Agora, era o milagre da Mãe Terra; eu sentia-me no seu ventre, sabia que Ela estava ali, protegendo-nos com as suas paredes de pedra e lavando os nossos pecados com a sua parede de água.

– Obrigada – disse eu em voz alta.

– A quem é que estás a agradecer?

– A Ela. E a ti, que foste um instrumento para que a minha fé voltasse.

Ele aproximou-se da beira do lago subterrâneo. Contemplou as suas águas e sorriu.

– Vem até aqui – pediu ele.

Eu aproximei-me.

– Tenho que te contar uma coisa que ainda não sabes – disse ele.

As suas palavras deixaram-me apreensiva. Mas o seu olhar estava tranquilo e eu voltei a acalmar-me.

– Todas as pessoas sobre a face da Terra têm um dom – começou. – Em algumas, ele manifesta-se espontaneamente e outras precisam de trabalhar para o encontrar. Eu trabalhei o meu dom, durante os quatro anos que passei no seminário.

Agora, eu precisava de «contracenar», para usar um termo que ele me tinha ensinado, quando o velho nos interpelou, na igreja.

Eu tinha que fingir que não sabia de nada.

«Não está errado», pensei. «Não é um roteiro de frustração, mas de alegria».

– O que é que se faz num seminário? – perguntei, à procura de mais tempo para melhor desempenhar o meu papel.

– Não vem ao caso – disse. – O facto é que desenvolvi um dom. Sou capaz de curar, quando Deus assim o deseja.

– Que bom – respondi, tentando parecer surpreendida. – Não gastaremos dinheiro com médicos!

Ele não se riu. E eu senti-me uma idiota.

– Desenvolvi os meus dons através das práticas carismáticas que tu viste – continuou. – A princípio, ficava estupefacto; orava, pedia a presença do Espírito Santo, impunha as minhas mãos e devolvia a saúde a muitos doentes. A minha fama começou a espalhar-se e todos os dias havia uma fila de pessoas à porta do seminário, à espera que eu os socorresse. Em cada ferida infecta e malcheirosa eu via as chagas de Jesus.

– Tenho orgulho de ti – disse.

– Muita gente no mosteiro ficou contra, mas o meu superior deu-me todo o seu apoio.

– Continuaremos esse trabalho. Seguiremos juntos pelo mundo. Eu limparei as feridas, tu abençoá-las-ás e Deus manifestará os seus milagres.

Ele desviou os olhos de mim e fixou-os no lago. Parecia haver uma presença naquela caverna – algo semelhante à noite em que nos embriagámos junto ao poço de Saint-Savin.

– Eu já te contei, mas vou repetir – continuou. – Certa noite, acordei com o quarto todo iluminado. Vi o rosto da Grande Mãe e o seu olhar de amor. A partir desse dia, comecei a vê-La de vez em quando. Não consigo provocar mas de vez em quando ela aparece.

»Por essa altura, eu já estava a par do trabalho dos revolucionários da Igreja. Sabia que a minha missão na Terra, além de curar, era a de aplainar o caminho para que Deus-Mulher fosse de novo aceite. O princípio feminino, a coluna da Misericórdia tornaria a erguer-se – e o Templo da Sabedoria seria reconstruído no coração dos homens.

Eu olhava-o. A sua expressão, que antes era tensa, voltou a ficar tranquila.

– Isso tinha um preço – que eu estava disposto a pagar.

Ele ficou calado, sem saber como continuar a sua história.

– O que é que queres dizer com «estava» – perguntei.

– O caminho da Deusa poderia ser aberto apenas com palavras e milagres. Mas o mundo não funciona assim. Vai ser mais duro; lágrimas, incompreensão, sofrimento.

«Aquele padre», pensei comigo mesma. «Tentou colocar o medo no coração dele. Mas eu serei o seu conforto.»

– O caminho não é de dor, é da glória de servir – respondi.

– A maioria dos seres humanos ainda desconfia do amor.

Senti que ele me queria dizer algo e não estava a consegui-lo. Talvez eu pudesse ajudá-lo.

– Eu estava a pensar nisso – interrompi. – O primeiro homem que escalou o pico mais alto dos Pirenéus fê-lo porque entendeu que a vida sem aventura não tinha graça.

– O que é que tu entendes de graça? – perguntou, e reparei que estava outra vez tenso. – Um dos nomes da Grande Mãe é Nossa Senhora das Graças – e as suas mãos generosas derramam as suas bênçãos sobre todas as pessoas que sabem recebê-las.

»Nunca podemos julgar a vida dos outros, porque cada um sabe da sua própria dor e renúncia. Um coisa é tu achares que estás no caminho certo; outra é achares que o teu caminho é o único.

»Jesus disse: a casa do meu pai tem muitas moradas. O dom é uma graça. Mas também é uma graça saber levar uma vida de dignidade, de amor ao próximo e de trabalho. Maria teve um marido na Terra que procurou demonstrar o valor do trabalho anónimo. Embora sem aparecer muito, foi ele que proveu tecto e alimento para que a sua mulher e o seu filho pudessem fazer tudo o que fizeram. O seu trabalho tem tanta importância como o trabalho deles, embora quase não se lhe dê valor.»

Eu não disse nada. Ele segurou na minha mão.

– Perdoa a minha intolerância.

Beijei a sua mão e coloquei-a no meu rosto.

– É isto que eu te quero explicar – disse ele, novamente a sorrir.
– Que, a partir do momento em que te reencontrei, entendi que não podia fazer-te sofrer com a minha missão.

Eu comecei a ficar inquieta.

– Ontem, eu menti. Foi a primeira e última mentira que te contei – continuou. – Na verdade, ao invés de ir para um seminário, eu fui para a montanha e conversei com a Grande Mãe.

»Disse que – se Ela quisesse – eu me afastaria de ti e continuaria o meu caminho. Continuaria com a porta cheia de doentes, com as viagens a meio da noite, com a incompreensão dos que querem negar a fé, com o olhar cínico dos que desconfiam de que o amor salva. Se Ela me pedisse, eu renunciaria à coisa que mais quero neste mundo: a ti.

Lembrei-me mais uma vez do padre. Ele tinha razão. Uma escolha estava a ser feita naquela manhã.

– No entanto – continuou – se fosse possível afastar este cálice da minha vida, eu prometia servir o mundo através do meu amor por ti.

– O que é que estás a dizer? – perguntei, assustada.

Ele parecia não me ouvir.

– Não é preciso tirar as montanhas dos seus lugares para provar a fé – disse. – Eu estava pronto para enfrentar sozinho o sofrimento, mas não para dividi-lo. Se continuasse naquele caminho, jamais teríamos uma casa com cortinas brancas e a visão das montanhas.

– Eu quero lá saber da casa! Eu nem quis entrar nela! – disse, procurando conter-me e não gritar. – Eu quero acompanhar-te, estar contigo na tua luta, fazer parte daqueles que se aventuram primeiro. Será que tu não entendes? Tu devolveste-me a fé!

O sol tinha mudado de posição e os seus raios inundavam agora as paredes da caverna. Mas toda aquela beleza começava a perder o seu significado.

Deus escondeu o Inferno no meio do Paraíso.

– Tu não sabes – disse ele, e vi que os seus olhos imploravam para que eu o compreendesse. – Tu não sabes o risco.

– Mas tu eras feliz com ele!

– Eu sou feliz com ele. Mas ele é o meu risco.

Eu quis interrompê-lo mas ele não me ouvia.

– Então, ontem, eu pedi à Virgem um milagre – continuou. – Pedi que me retirasse o meu dom.

Eu não acreditava no que estava a ouvir.

– Tenho algum dinheiro e a experiência que os anos de viagem me deram. Compraremos uma casa, arranjarei um emprego e servirei Deus como o fez São José, com a humildade de uma pessoa anónima. Não preciso mais de milagres para manter viva a minha fé. Preciso de ti.

As minhas pernas foram ficando fracas, como se fosse desmaiar.

– E, no momento em que pedi à Virgem para retirar o meu dom, comecei a falar as línguas – continuou. – As línguas diziam-me o seguinte: «Põe as mãos na terra. O teu dom sairá de ti e voltará ao seio da Mãe.»

Eu estava em pânico.

– Tu não...

– Sim. Eu fiz o que a inspiração do Espírito Santo ordenava. A neblina começou a dissipar-se e o sol voltou a brilhar entre as montanhas. Senti que a Virgem me entendia – porque ela também amou muito.

– Mas Ela seguiu o seu homem! E aceitou os passos do Filho!

– Não temos a força d'Ela, Pilar. O meu dom irá para outra pessoa – ele nunca é desperdiçado.

»Ontem, naquele bar, telefonei para Barcelona e cancelei a palestra. Vamos para Saragoça: tu conheces gente e podemos começar por ali. Arranjarei logo um emprego.

Eu já não conseguia pensar.

– Pilar! – disse ele.

Mas eu já estava a caminhar em direcção ao túnel, sem nenhum ombro amigo para me guiar – seguida pela multidão de doentes que iam morrer, pelas famílias que iriam sofrer, pelos milagres que não seriam realizados, pelos risos que não enfeitariam o mundo, pelas montanhas que ficariam sempre no mesmo lugar.

Eu não via nada, apenas a escuridão quase física que me cercava.

*Sexta-Feira, 10 de Dezembro de 1993*

Na margem do Rio Piedra eu sentei e chorei. As memórias daquela noite são confusas e vagas. Sei apenas que estive perto da morte – mas não me lembro do seu rosto e para onde me levava.

Gostaria de recordá-la – para que pudesse expulsá-la também do meu coração. Mas não consigo. Tudo parece um sonho, desde o momento em que saí daquele túnel escuro e encontrei um mundo onde a noite também já tinha descido.

Nenhuma estrela brilhava no céu. Lembro-me vagamente de ter caminhado até ao carro, pegado a mala que tinha comigo e de ter começado a andar sem rumo. Devo ter caminhado até à estrada, tentado apanhar uma boleia de volta para Saragoça – sem o ter conseguido. Terminei por voltar aos jardins do mosteiro.

O barulho da água era omnipresente – as cascatas estavam em todos os cantos e eu via a presença da Grande Mãe, perseguindo-me por onde quer que eu fosse. Sim, Ela tinha amado o mundo; amara o mundo tanto quanto Deus – porque também dera o Seu Filho para ser sacrificado pelos homens. Mas será que entendia o amor de uma mulher por um homem?

Ela podia ter sofrido por amor, mas era um amor diferente. O Seu grande Noivo conhecia tudo, fazia milagres. O Seu Noivo na Terra era um trabalhador humilde, que acreditava em tudo o que os seus sonhos diziam. Ela nunca soube o que era abandonar – ou ser abandonada por um homem. Quando José pensou em expulsá-La de casa porque estava grávida, o Noivo dos céus enviou logo um anjo para evitar que isso acontecesse.

O Seu filho deixou-a. Mas os filhos deixam sempre os pais. É fácil sofrer por amor ao próximo, por amor ao mundo ou por amor ao seu filho. Esse sofrimento dá a sensação de que isso faz parte da vida, de que é uma dor nobre e grandiosa. É fácil sofrer por amor a uma causa ou a uma missão: isso só engrandece o coração de quem sofre.

Mas como explicar o sofrimento por um homem? É impossível. Então, sentimo-nos no Inferno, porque não existe nobreza ou grandeza – apenas miséria.

Naquela noite eu deitei-me no chão gelado e o frio anestesiou-me logo. Por instantes, pensei que podia morrer se não arranjasse um agasalho – mas, e daí? Tudo o que era mais importante na minha vida tinha-me sido dado generosamente numa semana – e fora-me tirado num minuto, sem que eu tivesse tido tempo de dizer nada.

O meu corpo começou a tremer de frio e eu não ligava. Num dado momento, ele ia parar – porque teria gasto toda a sua energia a tentar aquecer-me e já não podia fazer mais nada. Então, o corpo voltaria à sua tranquilidade habitual e a morte acolher-me-ia nos seus braços.

Tremi durante mais de uma hora. E a paz chegou. Antes de fechar os olhos comecei a ouvir a voz da minha mãe. Ela contava-me uma história que já me tinha contado quando eu era criança, sem nunca desconfiar que era uma história sobre mim.

«Um rapaz e uma rapariga apaixonaram-se loucamente» dizia a voz da minha mãe, numa mistura de sonho e delírio. «E resolveram ficar noivos. Os noivos presenteiam-se sempre.

»O rapaz era pobre – o seu único bem consistia num relógio que herdou do avô. A pensar nos belos cabelos da sua amada, resolveu vender o relógio para comprar um lindo travessão em prata.

»A rapariga tampouco tinha dinheiro para o presente de noivado. Então, foi até à loja do principal comerciante do lugar e vendeu os seus cabelos. Com o dinheiro, comprou uma corrente de ouro para o relógio do seu amado.

»Quando se encontraram, no dia da festa do noivado, ela dá-lhe a corrente para um relógio que fora vendido e ele dá-lhe um travessão para uns cabelos que não existiam mais.»

Acordei com um homem a sacudir-me.

– Beba! – dizia ele. – Beba depressa!

Eu não sabia o que se passava, nem tinha forças para resistir. Ele abriu a minha boca e obrigou-me a beber um líquido que me queimava por dentro. Reparei que estava em mangas de camisa – e que eu usava o seu agasalho.

– Beba mais! – insistia ele.

Eu não sabia o que se estava a passar; mesmo assim, obedeci. Depois, tornei a fechar os olhos.

Voltei a acordar no convento, com uma mulher a olhar para mim.

– A senhora quase morreu – disse ela. – Se não fosse o vigia do mosteiro, não estaria mais aqui.

Eu levantei-me, trôpega, sem saber bem o que fazia. Parte do dia anterior voltou-me à memória e desejei que o vigia nunca por lá tivesse passado.

Mas agora, o tempo certo da morte tinha passado. Eu ia continuar a viver.

A mulher levou-me até à cozinha e deu-me café, biscoitos e pão com azeite. Não fez perguntas e eu também não me expliquei. Quando acabei de comer, devolveu-me a minha mala.

– Veja se está tudo aí – disse.

– Deve estar. Eu não tinha nada, mesmo.

– Tem a sua vida, minha filha. Uma longa vida. Cuide melhor dela.

– Existe uma cidade aqui perto que tem uma igreja – disse eu, quase a chorar. – Ontem, antes de vir para cá, eu entrei nessa igreja com...

Eu não sabia como explicar.

– ... com um amigo de infância. Já estava farta de visitar igrejas, mas os sinos estavam a tocar e ele disse que era um sinal, que precisávamos de entrar.

A mulher encheu a minha chávena, serviu-se de algum café, e sentou-se para ouvir a minha história.

– Entrámos na igreja – continuei. – Não havia ninguém e estava escuro. Tentei descobrir qualquer sinal, mas tudo o que via eram os mesmos altares e os mesmos santos. De repente, ouvimos um movimento na parte superior da igreja, onde fica o órgão.

»Entrou um grupo de rapazes, com violas e começaram a afinar os instrumentos. Resolvemos sentar-nos para ouvir um pouco de música, antes de partirmos em viagem.

»Pouco depois, um homem entrou e sentou-se ao nosso lado. Estava alegre e gritava para os rapazes que tocassem um *pasodoble*.»

– Música de tourada! – disse a mulher. – Espero que não tenham feito isso.

– Não fizeram. Mas riram e tocaram uma canção flamenca. Eu e o meu amigo de infância sentíamo-nos como se os céus tivessem descido sobre nós; a igreja, a escuridão acolhedora, o som das violas e a alegria do homem ao nosso lado – tudo aquilo era um milagre.

»Pouco a pouco, a igreja foi enchendo. Os rapazes continuavam a tocar a música flamenca e quem entrava sorria e deixava-se contagiar pela alegria dos músicos.

»O meu amigo perguntou-me se eu queria assistir à missa que devia começar daí a pouco. Eu disse que não – tínhamos uma longa viagem pela frente. Resolvemos sair – mas antes, agradecemos a Deus por mais aquele lindo momento nas nossas vidas.

»Assim que chegámos à porta, reparámos que muitas pessoas – muitas mesmo, talvez todos os habitantes daquela pequena cidade – estavam a dirigir-se para a igreja. Eu pensei comigo mesma: esta deve ser a última povoação católica de Espanha. Talvez porque aqui as missas sejam muito animadas.

»Ao entrarmos no carro, vimos um cortejo que se aproximava. Traziam um caixão. Alguém tinha morrido e aquela era uma missa de corpo presente. Assim que o cortejo chegou à porta da igreja, os músicos pararam com as canções flamencas e começaram a tocar um *requiem*.

– Que Deus tenha piedade dessa alma – disse a mulher, fazendo o sinal da cruz.

– Que tenha piedade – disse eu, repetindo o seu gesto. – Mas, entrar naquela igreja foi mesmo um sinal. De que a tristeza está sempre à espera no fim da história.

A mulher olhou-me e não disse nada. Então saiu e voltou alguns instantes depois com várias folhas de papel e uma caneta.

– Vamos até lá fora – disse ela.

Saímos juntas. Estava a amanhecer.

– Respire fundo – pediu-me. – Deixe que esta nova manhã entre nos seus pulmões e corra pelas suas veias. Pelos vistos, a senhora não se perdeu ontem por acaso.

Eu não disse nada.

– Tampouco a senhora entendeu a história que acaba de me contar, sobre o sinal da igreja – continuou. – Só viu a tristeza do fim. Esqueceu os momentos alegres que passou lá dentro. Esqueceu a sensação de que os céus tinham descido sobre si e de como era bom estar a viver tudo aquilo junto do seu...

Ela parou e sorriu.

– ... amigo de infância – disse, piscando-me o olho. – Jesus disse: «*Deixe que os mortos enterrem os mortos.*» Porque Ele sabe que a morte não existe. A vida já existia antes de nascermos e continuará a existir depois de deixarmos este mundo.

Os meus olhos encheram-se de lágrimas.

– O mesmo se passa com o amor – continuou. – Já existia antes e continuará para sempre.

– Parece que a senhora conhece a minha vida – disse eu.

– Todas as histórias de amor têm muita coisa em comum. Eu também passei por isso, em algum momento da minha vida. Mas não me lembro. Lembro-me de que o amor tornou a voltar, sob a forma de um novo homem, de novas esperanças, de novos sonhos.

Ela estendeu-me as folhas de papel e a caneta.

– Escreva tudo o que está a sentir. Tire da sua alma, escreva no papel e depois deite-o fora. A lenda diz que o Rio Piedra é tão frio que tudo o que cai nele – folhas, insectos, penas de aves – se transforma em pedra. Quem sabe não seria uma boa ideia deixar nas suas águas o sofrimento?

Eu peguei nos papéis, ela deu-me um beijo e disse que eu podia voltar para o almoço, se desejasse.

– Não se esqueça de uma coisa – gritou, enquanto se afastava. –
O amor permanece. Os homens é que mudam!

Eu ri-me e ela acenou-me.

Fiquei a olhar para o rio durante muito tempo. Chorei até sentir que não tinha mais lágrimas.

Então, comecei a escrever.

*EPÍLOGO*

Escrevi durante um dia, e outro, e mais outro. Todas as manhãs ia para a margem do Rio Piedra. Em todos os entardeceres, a mulher aproximava-se, pegava-me pelo braço e levava-me para o seu quarto no antigo convento.

Lavava as minhas roupas, preparava o jantar, conversava sobre coisas sem importância e deitava-me na cama.

Certa manhã, quando já estava quase no fim do manuscrito, ouvi o barulho de um carro. O meu coração deu um salto, mas eu não queria acreditar no que ele me dizia. Já me sentia livre de tudo, pronta para voltar ao mundo, e fazer outra vez parte dele.

O mais difícil tinha passado – embora a saudade permanecesse.

Mas o meu coração estava certo. Mesmo sem levantar os olhos do manuscrito, eu senti a sua presença e o som dos seus passos.

– Pilar – disse ele, sentando-se ao meu lado.

Eu não respondi. Continuei a escrever, mas já não conseguia mais coordenar os meus pensamentos. O coração dava saltos, tentava libertar-se do meu peito e correr ao encontro dele. Mas eu não deixava.

Ele ficou ali sentado, a olhar para o rio, enquanto eu escrevia sem parar. Passámos a manhã inteira assim – sem dizer uma palavra – e eu lembrei-me do silêncio de uma noite, junto a um poço – onde eu de repente percebi que o amava.

Quando a minha mão não aguentou mais de cansaço, eu parei um pouco. Então, ele disse:

179

– Estava escuro quando saí da caverna e não consegui encontrar-te. Então, fui até Saragoça. E fui até Soria. E iria correr o mundo inteiro atrás de ti. Resolvi voltar ao Mosteiro de Piedra para ver se achava alguma pista, e encontrei uma mulher.

»Ela mostrou-me onde tu estavas. E disse que tu tens esperado por mim todos estes dias.

Os meus olhos encheram-se de lágrimas.

– E ficarei sentado ao teu lado, enquanto tu estiveres diante deste rio. E se fores dormir, dormirei em frente à tua casa. E se tu viajares para longe, eu seguirei os teus passos.

»Até que tu me digas: vai-te embora. Então, irei. Mas hei-de amar-te para o resto da minha vida.

Eu já não conseguia disfarçar o meu pranto. Vi que ele também chorava.

– Quero que tu saibas uma coisa... – começou ele.

– Não digas nada. Lê – respondi, enquanto lhe estendia os papéis que estavam no meu colo.

Durante a tarde inteira fiquei a olhar para as águas do Rio Piedra. A mulher trouxe-nos pão e vinho, comentou o tempo e voltou a deixar-nos sós. Mais de uma vez, ele parou a leitura e ficou com o olhar perdido no horizonte, absorto nos seus pensamentos.

A certa altura, resolvi dar uma volta pelo bosque, pelas pequenas cascatas, pelas encostas cheias de histórias e significados. Quando o sol começou a pôr-se, voltei ao lugar onde o tinha deixado.

– Obrigado – foram as suas primeiras palavras, quando me devolveu os papéis. – E perdão.

Na margem do Rio Piedra eu sentei e sorri.

– O teu amor salva-me e devolve-me aos meus sonhos – continuou ele.

Eu fiquei calada, sem me mexer.

– Tu conheces bem o salmo 137? – perguntou.

Eu fiz um sinal negativo com a cabeça. Tinha medo de falar.

– *Nas margens dos rios da Babilónia...*

– Sim, sim, conheço – disse eu, sentindo que voltava, pouco a pouco, à vida. – Fala do exílio. Fala das pessoas que penduram as suas harpas, porque não podem cantar as músicas que o coração pede.

– Mas depois de o salmista chorar, com saudades da terra dos seus sonhos, ele promete a si mesmo:

*Se eu me esquecer de ti, ó Jerusalém,*
*que se resseque a minha mão direita.*
*Que a minha língua não sinta mais nenhum sabor*
*se eu me esquecer de ti, Jerusalém.*

Eu sorri mais uma vez.

– Eu ia esquecer. E tu fizeste-me lembrar.

– Tu achas que o teu dom voltará? – perguntei.

– Não sei. Mas Deus sempre me deu uma segunda oportunidade na vida. Está a dar-ma contigo. E ajudar-me-á a reencontrar o meu caminho.

– Nosso – interrompi-o outra vez.

– Sim, nosso.

Ele agarrou-me pelas mãos e levantou-me.

– Vai buscar as tuas coisas – disse. – Os sonhos dão trabalho.

Barcelona, Carcassone,
Saux, Lourdes, Olite,
Madrid, Rio de Janeiro.
Dez. 93/Jan. 94

## NA MARGEM DO RIO PIEDRA EU SENTEI E CHOREI

Publicado em 23 idiomas, *best-seller* em países como França, Brasil, Itália, Holanda, Bélgica, Chile, Uruguai, Grécia , Noruega, Colômbia, Canadá, Alemanha, Espanha, Turquia, Tailândia, Jugoslávia, Inglaterra e Estados Unidos.

"A reconsideração do feminino, a consciência do Outro, e a nossa própria redenção, são os principais tópicos que Paulo Coelho nos oferece nesta novela excepcional. A companheira da vida, a Virgem Maria, a Caçadora da Lua, a Senhora das Colheitas: Cibele, Demeter, Lourdes e Montserrat são qualidades do feminino que estão em nós e que devemos redescobrir para alcançar ser realmente o que desejamos ser, o que devemos ser."
LAURA ESQUÍVEL (Autora de *Como Água para Chocolate*)

"*Na Margem do Rio Piedra Eu Sentei e Chorei* é um espantoso livro, repleto de mistério e luz."
OSCAR HIJUELOS (Autor de *Os Reis do Mambo*)

"A história de *Na Margem do Rio Piedra Eu Sentei e Chorei* é tão bonita e inocente quanto uma santa parábola."
*Cosmopolitan,* França – Julho 1995

"*Rio Piedra* é uma das minhas preferidas entre as grandes obras. Uma história de amor comovente, de um autor brasileiro muito aclamado, verdadeiramente a par de Gabriel García Márquez."
*Rails Magazine,* Holanda, 97

"... Se o *Rio Piedra* com a sua frieza transforma tudo em pedra, provavelmente transformará esta história numa jóia".
*Vestnik,* Eslovénia, 97

"*Rio Piedra* é uma história de amor em que o poder do amor nos guia através da mudança interior."
*Radio Student,* Eslovénia, 97

"*Rio Piedra* desperta-nos de uma letargia intelectual e liberta-nos dos medos. O seu leitor, independentemente da força moral e da castidade crítica, terá igualmente imaginação e coragem  para participar na polémica que se oferece e alcançar a solução mais construtiva."
*Borba,* Jugoslávia, 97

# Editora Pergaminho SA

Rua da Alegria, n.º 486 – A • Amoreira
2645-167 CASCAIS • Portugal
Tel. (+351) 21 464 61 10 a 19 • Fax (+351) 21 467 40 08
*e-mail* info@editorapergaminho.pt

**Distribuição e Vendas:**
**Pergaminho Distribuidora de Livros e Audiovisuais, Lda.**
Tel. (+351) 21 465 88 30 a 39 • Fax (+351) 21 467 40 00
*e-mail* pergaminhodistr@netcabo.pt

Se tenciona submeter à nossa apreciação um manuscrito ou um projecto editorial, contacte-nos primeiro por *e-mail* para info@editorapergaminho.pt, apresentando uma pequena sinopse do mesmo. Não envie manuscritos, por correio ou *e-mail*, sem que o solicitemos.
**A Editora Pergaminho não se responsabiliza pela análise ou devolução de manuscritos não solicitados.**

N.º de referência desta obra no nosso catálogo: **134.703**

FICHA TÉCNICA:
*Editor:* Mário de Moura | *Assistente editorial:* Joana Neves
*Revisão:* Equipa de Editoração Pergaminho | *Paginação:* Gráfica 99
*Ilustração da capa:* Mónica Catalá | *Design da capa:* Marta Teixeira
*Produção gráfica:* Rogério O. Moura.

Este livro foi impresso pela:
*Rolo & Filhos II, S.A. – Mafra*

Dep. Legal n.º 226 279/05

Não deixe de consultar o nosso *site:*
www.editorapergaminho.pt